원서발췌

모험가 짐플리치시무스

고전 명작을 읽는 가장 쉬운 길,
'지식을만드는지식 원서발췌'

축약, 해설, 리라이팅이 아닙니다. 원전의 핵심 내용을 문장 그대로 가져옵니다. 작품의 오리지낼리티를 가감 없이 느낄 수 있습니다.
두껍고 읽기 어려워 책장을 덮어 버리곤 했던 고전을 발췌합니다. 해당 작품을 연구한 전문가가 작품의 정수를 가려 뽑아냅니다. 핵심만 읽기 때문에 더 빠르게 더 많은 고전을 읽을 수 있습니다. 제외된 부분은 중간중간 친절하게 요약 설명합니다. 풍부한 해설과 주석으로 전체 내용을 파악하는 데 무리가 없습니다. 정확한 번역, 적절한 윤문으로 10대에서 80대까지 누구나 쉽게 읽을 수 있습니다. 콤팩트한 사이즈와 분량이므로 간편하게 휴대할 수 있습니다. 수천 쪽의 고전을 발췌된 내용으로 읽고도 전체 의미를 파악할 수 있는 것이 지식을만드는지식 원서발췌의 매직입니다. 발췌율은 표지에 표시하고 발췌 방법은 일러두기에 상세히 밝힙니다.
고전 독자를 발췌 읽기에서 완역 읽기로, 더 나아가 원전 읽기로 안내합니다. 바쁜 현대인들에게 새로운 고전읽기 방법을 제시합니다.

원서발췌
모험가 짐플리치시무스

Der abenteuerliche Simplicissimus

한스 야코프 크리스토프 폰 그리멜스하우젠(Hans Jacob Christoph von Grimmelshausen) 지음
박신자 옮김

대한민국, 서울, 지식을만드는지식, 2026

편집자 일러두기

- 이 책의 원전은 발터 샤파르쉬크(Walter Schafarschik)가 편저한 《Der abenteuerliche Simplicissimus》(Reclam Universal-Bibliothek, 2001)입니다. 약 80%를 발췌했습니다.
- '발터 샤파르쉬크 편저본'의 원본은 한스 하인리히 보르헤르트 (Hans Heinrich Borcherdt)가 축약한 《Der abenteuerliche Simplicissimus》(Reclam Universal-Bibliothek, 1961)입니다.
- […] 표시는 번역 원전에 있는 축약 부호입니다. 옮긴이가 발췌한 부분의 표시는 생략했습니다.
- 본문의 각주는 모두 독자의 이해를 돕기 위해 옮긴이가 단 것입니다.
- 외래어 표기는 현행 한글어문규정의 외래어표기법을 따랐습니다.
- 이 책은 2015년 1월 22일 '천줄읽기' 시리즈로 처음 출간했다가 이번에 '원서발췌' 시리즈로 옮겨 출간합니다.

차례

제1권

1장

우리 시대에 신분이 낮은 사람들 사이에서는 한 가지 고질병이 돌고 있었다. 이 병에 걸린 환자들은 주머니 속 동전 몇 푼까지도 다 긁어모아 유행하는 가지각색의 비단 끈이 달린 옷을 에누리해 사 입었다. 그렇지 않으면 혹시 운때가 맞아 유명해져서 기사 계급 혹은 귀족이 되기를 바라기도 했다. 그들의 행동에서는 그들 조상의 직업 ― 일용직, 수레꾼, 짐꾼의 모습이 보이기도 했다. 사촌들은 당나귀 몰이꾼이요, 형제들은 하수인과 앞잡이들이었고, 여동생은 창녀, 어머니는 중매쟁이 또는 마녀였다. 샅샅이 살펴본 혈족들은 모두 32대 조상 때부터 더럽고 지저분했다. 프라하 설탕 공장의 조합원들로 평생 눌러앉아 있었는지도 모르지.[1)]

이런 멍청한 사람들과 나를 동등하게 취급하고 싶지는 않다. 정말이지 나도 가끔은 돈이나 그와 같은 수단을 가지면, 천성적으로 놀고먹으려는 경향이 있었던 걸로 보아 대단히 높은 신분, 아니면 최소한 평범한 귀족 태생일지도

1) 프라하의 한 설탕 제조업자가 떼도둑의 수령이었다고 한다.

모른다는 공상에 빠진다.

나의 크난[2]은 다른 사람들처럼, 어떤 왕이라도 제 손으로는 세울 수 없는 자신의 성을 소유하고 있었다. 크난은 시동이나 제복 입은 하인들, 외양간지기 대신에 양, 염소, 그리고 암퇘지들을 거느리고 있었다. 모든 가축들은 제각기 자연이 준 하인 제복을 입고서[3] 내가 집으로 몰고 갈 때까지 풀밭에서 나를 기다리곤 했다.

무기고와 갑옷 창고에는 쟁기, 곡괭이, 도끼, 돌 깨는 망치, 삽, 퇴비, 건초들로 가득 차 있었고, 아버지 크난은 이런 무기들을 가지고 매일 훈련했다. 그의 전시 용병술은 내리치고 자르고 개간하는 것이었는데, 이건 마치 고대 로마인들이 평화로운 시절에 그렇게 하는 것과 같았다.

황소를 수레에 매는 일은 수령인 그가 내리는 명령이요, 퇴비를 쳐내는 일이 그의 성채(城砦) 작업, 경작하는 일은 원정, 외양간 청소는 그의 귀족적 오락이자 운동경기였다. 나는 이런 모든 막일을 대수롭게 여기고 자만하지 않았다. 그 누구도 나와 비슷한 다른 신출내기 귀족 녀석들과 함께 이를 비웃을 이유가 없다. 아주 재미있는 장소

2) 크난(Knan) : 아버지를 이르는 당시 슈페사르트 지역의 방언인 듯하다.

3) 동물 본래의 털색을 풍자하는 것 같다.

인 슈페사르트[4]에서 살았던 크난보다 내가 더 잘났다고 여길 만한 것이 아무것도 없었기 때문이다.

이 시점에서 나는 크난의 문벌과 혈통, 그리고 이름에 대한 상세한 강의는 사양하고자 한다. 짧게 말하려는 것일 뿐 귀족 가문을 만들고자 하는 것과는 관련이 없기 때문이다. 여우들이 잠자는 슈페사르트에서 내가 태어났다는 사실만으로도 알 만하지 않은가.

내가 크난의 집을 아주 귀족적으로 기록했기에 이제 지각이 있는 사람들은 내 교육 상태도 이와 비슷했을 것이라고 생각할 수 있다. 그렇게 생각할 만하다. 내 나이 열 살이 되어서야 위에 언급했던 크난의 귀족적 훈련을 이해했다. 나는 공부에서는 다섯까지만 셀 줄 알았던 유명한 암피리스티디(Amplistidi)[5]의 옆자리에 서게 되었다. 크난은 아마 많은 귀족들이 공부를 하고 있는 시대에 그런 것에 초연하여 일상적인 일을 선택한 것 같다. 아니면 그 시대에 소위 글을 대필해 주는 사람들이 있었기 때문에 사람들이 학교 따위에 그렇게 신경을 쓰지 않았을 수도 있겠다.

4) 슈페사르트(Spessart) : 독일 남서부에 있는 산맥.

5) 암피리스티디(Amplistidi) : '암피스타이데스(Amphisteides)'를 잘못 발음한 것 같다. 그리스 코미디에 등장하는 바보.

이런 것들을 제외하면, 내가 잘하는 일은 가죽 피리[6]를 아름답고 구슬프게 잘 연주하는 것이다.

에이, 신학에 관한 말은 하지 말자. 당시 기독교 세계에 살았던 내 또래 아이들 중 그 누군가 나와 같았을지도 모르지. 우리는 신과 인간, 하늘과 지옥, 천사와 악마, 선과 악을 구별할 줄 몰랐다. 그 정도로 무식했기 때문에, 병과 죽음에 이르게 하는 죄에 대해서, 그리고 부활에 대해서도 전혀 모르고 낙원에서 살았던 우리의 첫 조상처럼, 나도 같은 믿음을 가졌다는 것을 어렵지 않게 생각할 수 있다. 이런 인생은 의약품 같은 것이 필요 없는, 오, 고상한 인생이다! (그대들은 고소한 인생이라고 말할지도 모르겠다.)

그래, 그대들은 잇달아 법률 상식과 세상의 모든 예술과 학문에 대한 내 경험을 알게 될 것이다. 그래, 나는 이토록 완벽하게 무식했기 때문에 내가 아무것도 아는 것이 없다는 사실 자체도 알아차리지 못했다. 한 번 더 이렇게 말하고 싶다. 내가 당시에 누렸던, 오, 고상한 인생이여! 하지만 크난은 내가 그런 행복감을 오랫동안 즐기게 가만놔두지 않았지. 나의 고상한 출생에 걸맞게 역시 고상하게 행동하고 사는 것이 정당하다고 했지. 그래서 그는 나

6) 가죽 피리(Sackpfeife, Dudelsack) : 바람 주머니가 달린 피리. 백파이프의 일종.

를 보다 차원 높은 일에 끌어들이고자 내게 어려운 과제를 부과했다.

2장

크난은 아주 품위 있는 일을 내게 맡겼다. 먼저 돼지들을, 그다음은 염소들을, 마지막으로는 그의 모든 양 떼들을 맡은 나는 양을 지키며 풀을 뜯게 하고 피리를 불어 늑대로부터 보호해야 했다.

당시 나는 아마 (피리 대신 하프만을 가진) 다윗과도 비교됐을 것이다. 이런 점에서 시작이 나쁘지 않았다. 내가 유명한 사람이 되어야만 하는 행운을 가진 듯, 이 시간이 내게는 좋은 징조였다. 왜냐하면 세상이 시작될 때 아벨, 아브라함, 이삭, 야곱과 그의 아들들은 물론이고, 모세도 60만 이스라엘 사람들의 지도자이자 율법사가 되기 이전에 장인의 양 떼를 지켰던 양치기였음을 성경에서 말하고 있기 때문이다.

다시 나의 양 떼로 돌아가서, 나는 내 자신이 무식하다는 사실을 모르는 것처럼 늑대에 대해서도 정말 아는 바가 없었다. 그래서 나의 아버지 크난이 더 열심히 가르쳐 주었다. 크난은 말하기를 "얘야, 양 떼가 너무 멀리 가지 않도록 부지런히 살피고 늑대가 나타나 피해를 보지 않도록 피리를 더 힘차게 불어라. 왜냐하면 늑대는 네발 달린 악동이자 도둑놈으로, 인간과 염소를 잡아먹기 때문이란다.

네가 부주의하면, 네 등을 때릴 거야." 즉각 나는 애교를 떨며 대답했다. "크난, 늑대가 어케 생겼나? 크난은 늑대를 봤시유?"

크난은 짜증을 내며 말했다, "이놈아, 뭐가 될지 궁금하다. 네놈은 평생 바보로 살 것이다. 완전 멍청이구먼. 늑대가 네발 달린 짐승인 것을 모르다니."

아버지 크난은 내게 더 많은 것을 가르쳐 주었다. 나의 더딘 이해력이 그의 섬세한 지시를 알아듣지 못한다고 생각했는지 본의는 아니지만 결국은 투덜대며 자리를 떠났다.

3장

나는 가죽피리를 아주 잘 불었기 때문에 늑대를 만나도 안전할 것이라고 생각했다. 나는 모이더[7]가 가르쳐 준 노래를 부르며 숲길을 걸어갔다. 얼마 못 가서 무장한 기사들이 나와 양 떼를 순식간에 에워쌌다. 이들은 넓은 숲속에서 길을 잃고 헤매다 내 피리 소리와 양 떼의 울음소리를 듣고 길을 찾아 나왔던 것이다.

호-이들은 정말 기이한 사람들이라 생각했다. 이들은 크난이 말했던 네발 달린 악당이자 도둑들일 것이다. 그리고 늑대일 것이다 — 라는 것 외에는 달리 생각이 들지 않았다. 그래서 이 무시무시한 켄타우로스[8]를 몰아대는 시늉을 하면서 다시 사라지게 하고자 했다. 하지만 그들 중 하나가 내 팔을 잡아 나를 사정없이 말 위에 던졌다. 그들은 그 밖에 다른 것들을 노획했고 나는 다시 다른 쪽, 가죽 피리 위에 떨어졌다.

이때 피리는 온 세상의 자비를 바라는 것처럼 가련한

7) 모이더(Meuder) : 어머니를 부르던 당시 그 지역의 방언인 듯하다.

8) 켄타우로스(Centauros) : 그리스신화에서 반은 사람, 반은 말의 형상을 한 존재.

소리를 내기 시작했다. 그것이 마치 나의 불행을 한탄하는 마지막 숨을 모으는 것일지라도 아무런 도움이 되지 않았다. 나는 다시 말에 올랐다. 말은 처음으로 움직이기 시작하는 태고의 움직임처럼 지속적인 발걸음으로 크난의 집 마당으로 갔다.

그들 중 아무도 어떤 것을 물어뜯거나 하지 않았다. 다 같이 곧장 크난의 농가 마당을 향해 갔기 때문에, 나는 이 낯선 이들이 양 떼를 집으로 몰고 가는 것을 도와주러 온 게 아닐까 하는 상상을 했다. 크난이 우리 일행을 피할 것인지 환영할 것인지를 먼저 알고 싶어 나는 크난을 부지런히 찾아다녔다. 이 손님들과 마주치지 않으려는 모이더와 크난, 그리고 고명딸 우르젤레는 뒷문으로 도망쳐 버렸다.

4장

기병들이 첫 번째로 한 일은 말을 마구간에 집어넣는 것이었다. 그다음 그들은 완전 타락하고 썩어 빠진 이상한 행동을 했다. 비록 몇몇은 잔치를 벌이는 것처럼 고기를 썰고 끓이고 굽고 했지만, 반대로 다른 군인들은 집 위아래를 휘젓고 다녔다. 그래서 금빛 양가죽 같은 것을 숨길 만한 어떤 비밀 장소도 안전하지 못했다. 다른 군인들은 천과 옷, 세간살이들을 마치 고물상이라도 차리려는 듯 크게 뭉쳐 쌌다. 가져갈 생각이 없는 물건들은 깨부수었다.

몇몇 군인들은 우리가 양과 돼지들을 아주 숨길 수 없도록 하려는지 칼로 건초와 짚 더미를 찔렀다. 다른 군인들은 이불의 솜을 털어 내고는 이불 안에 베이컨 또는 말린 육포와 세간들을 집어넣었다. 마치 그 위에서 자는 것이 더 좋기라도 하다는 듯했다. 다른 군인들은 영원히 여름만 있다는 것을 알려 주기라도 하듯 난로와 창문을 깼고, 구리와 주석 그릇들을 한데 모아 부수고 휘어지거나 불량한 것들을 쌌다. 마당에 장작이 몇 길이나 쌓여 있었기 때문에, 그들은 여기에 불을 붙여 이불 궤짝, 상, 의자 그리고 긴 의자들을 태웠다. 그들은 꼬치구이만 있으면 된다는 건지, 아니면 단 한 번의 식사로 끝내려는 것인지

냄비와 그릇들을 두 동강 냈다.

우리 하녀는 더 이상 밖에 나가지 못할 정도로 외양간에서 치욕적인 대접을 받았다. 그들은 하인을 묶어 바닥에 누이고 입에 합판을 끼우고 우유통에 썩은 물을 가득 담아 스웨덴 음료수라 하면서 그의 몸에다 부었다. 그들은 이런 식으로 고문하며 하인에게 자신들 중 일부를 다른 장소로 안내하도록 강요했다.

그곳에는 더 많은 사람과 가축이 모여 있었다. 그들은 그 모두를 잡아 우리 집 마당으로 끌고 왔다. 그중에는 크난과 모이더, 그리고 우르젤레도 있었다.

그들은 피스톨에서 부싯돌을 빼고, 그 대신 농부들의 엄지손가락을 그 속에 집어넣고 조여 대기 시작했다. 거짓말하는 불쌍한 사람들을 고문하려고 붙잡아 그중 농부 한 사람을 마치 마녀를 불태우듯 오븐에 처넣고 불을 들고 위협했다. 그들은 또 다른 사람의 머리를 밧줄로 묶은 다음 곤봉을 끼워 돌리며 조여 댔고, 입 · 코 · 눈 주위에 피가 튀도록 매질을 했다. 이 모든 것들은 말하자면 군인들 각자가 농부들을 괴롭히려고 스스로 고안한 것들로, 농부들 모두 이런 이상한 고문들을 당했다.

당시 내 생각으로 크난은 가장 운이 좋았다. 다른 사람들이 고통으로 비탄스럽게 하소연하면서 불어야 했던 것을 그는 웃으면서 자백했기 때문이다. 그리고 그런 예우는 그가 이 집안의 주인이기 때문에 당연했다. 그들은 크난을 불 쪽에 앉히고 그를 묶어 손발을 움직이지 못하게 한 채 적신 소금을 발바닥에 비비고 그 발바닥을 우리가 키우는 늙은 산양에게 다시 핥게 했다. 이렇게 하니 간지러워 웃음이 터졌다. 이 방법은 아주 특이했고 모인 사람들 때문에, 아니면 내가 좀 모자란 탓인지 나도 같이 웃었다. 웃는 중에 크난은 금과 진주 같은 값진 보석을 숨긴 곳을 자백했다. 잡힌 여인들, 소녀와 딸들에 대해서는 딱히 아무것도 말할 것이 없다. 군인들은 자신들이 여자들과 어떻게 어울리는지 보여 주지 않았기 때문이다. 이따금 구석진 곳 여기저기서 불쌍하게 울부짖는 소리가 들렸다는 것을 나는 알고 있었다. 내 어머니 모이더와 여동생 우르젤레도 다른 사람들보다 더 무사할 수는 없다고 생각되었다.

이런 비참한 와중에도 나는 고기를 굽고 있었다. 오후가 되었을까. 말에게 물을 먹이러 외양간에 갔을 때 처절하게 부서진 것처럼 보이는 우리 하녀를 만났다. 나는 그녀를 알아보지 못했으나 그녀는 내게 아픈 목소리로 말했다. "애야, 도망가. 기사들이 너를 붙잡아 데리고 갈 거야. 너도 보잖아. 얼마나 험악하니?" 그녀는 더 이상 말하지 않았다.

5장

내가 처한 불행한 상태를 알게 되었기 때문에 나는 어떻게든 빨리 도망갈 생각을 하기 시작했다. 하지만 어디로? 결단을 해야 하는 내 판단력이 너무 시원찮았다. 그러나 밤에 숲으로 도망치는 데 성공했다. 이제 어디로 가지? 나는 길과 숲을 너무 몰랐다.

아주 깜깜한 밤이 나를 안전하게 덮어 주었지만, 내 흐릿한 이성을 충분히 덮어 주지는 못했다. 그래서 나는 빽빽한 덤불 속에 몸을 숨겼고, 그곳에서 고문당하는 농부들의 고함 소리와 나이팅게일의 노랫소리를 들을 수 있었다. 이 새들은 농부에 대해서 아무것도 몰랐다. 농부도 때때로 새[9]라고 불렸지만, 새는 농부한테 아무런 동정도 느끼지 못했고 농부의 불행 때문에 사랑스러운 노래를 멈추지는 않았다. 그러기에 나는 근심 없이 잠을 청했고 잠들었다. 동쪽의 샛별이 가물거릴 때 크난의 집이 완전히 불타는데, 아무도 불을 끄지 않았다. 크난의 집에서 누군가를 만날 수 있을까 하여 그곳으로 갔다. 나는 곧 다섯 명의

9) 새 : '바보'를 의미한다.

군인에게 들켰고 그들은 내게 소리를 질렀다. "이리 와. 그렇지 않으면 목에 구멍이 나도록 쏘겠다." 군인들이 어떤 짓을 하려는지 몰랐기 때문에 나는 입을 벌린 채 꼼짝없이 서 있었다.

마치 고양이 한 마리가 새로 지은 외양간 문을 바라보듯 내가 그들을 바라보고 있는 동안, 진흙 때문에 내 쪽으로 다가오지 못했던 그들은 바짝 약이 올라 내게 총 한 발을 쐈다. 갑작스러운 불과 폭음은 나를 몇 배로 더 무섭게 했다. 그런 것을 한 번도 보지도 듣지도 못했기 때문에 나는 너무 놀라 땅에 넘어졌다. 너무 무서워 몸이 굳어 버렸다. 군인들이 내가 죽은 줄 알고 누워 있는 나를 그대로 두고 떠났음에도 나는 그날 내내 몸을 일으킬 마음이 없었다. 다시 밤이 되었을 때, 나는 일어나서 멀리 썩은 나무가 흐릿하게 보일 때까지 숲길을 오랫동안 헤맸다. 다시 그 나무를 보고서 겁이 나서 급히 되돌아갔다. 그리고 다시 똑같이 생긴 다른 나무가 보일 때까지 오랫동안 걸었다.

이렇게 밤새도록 나는 이리저리 그 썩은 나무에서 다른 나무로 왔다 갔다 했다. 나를 도우려는지 드디어 날이 샜고, 나무들은 나를 어리둥절하게 하지 않았다. 그러나 이것으로는 아직 도움이 되지 않았다. 내 마음은 두려움과 공포로 덮여 있었고 다리는 아주 피곤했다. 속이 비어 배가 고팠다. 입은 말랐고, 머리는 완전 바보 같은 상상으로 가득 찼고 눈에는 잠이 담뿍 달려 있었다. 그럼에도 나는 계속 걸었다. 하지만 어디로? 계속 갈수록 나는 사람들과는 멀리 떨어지게 되었고 숲 속 깊숙이 왔다. 당시 나는 고통당했고 무엇을 느끼기는 했지만 내 이해력이 부족하고 무식한 탓인지 무작정 견뎌 내기만 했다. 이성적이지 못한 동물이 내 입장이었더라도, 그 동물은 살아남기 위해 무엇을 해야 하는지 나보다는 더 잘 알았을 것이다. 밤이 오면 나는 밤을 지새우려고 급히 서두르기까지 하며 아주 우스운 모양새로 속이 빈 나무 속으로 기어 들어갔다.

6장

내가 깜빡 잠이 들자마자 다음과 같은 소리를 들었다. "감사하지 못하는 우리 인간을 향하신, 오, 위대하신 사랑! 나의 유일하신 위로이시여! 나의 희망이자 부요함의 하나님이시여!" 내가 알 수도 느낄 수도 없는, 그 같은 말들은 더 들려 왔다.

내가 아는 바로, 이런 말은 당시 기독교인들이 나 같은 상황에 처했을 때 용기와 위로를 받고 진정으로 기쁨을 느낄 수 있도록 하는 말이었다. 그러나 아, 이 단순하고 무식한 것! 내게는 전혀 이해가 되지 않을 뿐 아니라 너무 이상하게 들려 겁을 먹었다. 그러나 거기서 말하고 있는 사람이 굶주림과 갈증을 풀게 해 달라고 하므로 나도 참을 수 없는 허기 때문에 그곳으로 초대받고 싶었다. 이때 나는 키가 큰 한 남자를 보았다. 어깨까지 흩어져 내린 잿빛 긴 머리에 거친 수염이 있는 남자였다. 얼굴은 누리끼리했고 말랐지만, 아주 온화했다. 그는 천 조각으로 1000군데도 더 기운, 아무렇게나 포개진 긴 치마를 걸치고 있었고, 목과 몸에는 성 빌헬무스[10)]처럼 쇠사슬을 걸고 있었다.

내 눈에 그것이 무시무시하고 두렵게 보여 처음에는 물에 젖은 개처럼 떨기 시작했다. 그 남자가 길이가 약 6

피트 되는 십자가상을 그의 가슴에 대었을 때, 나는 이 늙은 백발이 누군지 몰랐기 때문에 더 무서워졌다. 아마 전에 내 크난이 말해 준 늑대가 틀림없다는 생각이 들었다. 너무 무서워 나는 기병들로부터 나를 구해 준 유일한 보물인 피리를 문질러 불었다. 무시무시한 늑대를 물러가게 하기 위해 더 크게 불었다. 야외에서 갑작스럽게 들리는 낯선 음악 소리에 은둔자도 처음에 적지 않게 놀라서 위대한 안토니우스[11]를 괴롭히려고 악마의 유령이 와서는 그의 명상을 방해한다고 생각했다. 곧 그가 마음을 가다듬었을 때, 나는 다시 몸을 돌려 빈 나무 속으로 도망갔다. 그 백발은 나를 조롱했다. 그는 나를 미혹자, 인간의 적으로 알고 한껏 비웃기 위해 내게로 돌진해 왔다. "하." 그는 말했다. "너는 신의 뜻과 무관한 성자 녀석이로군." 그는 많은 말을 했는데, 나는 이해하지 못했다. 그가 가까이 오는 것이 너무 무섭고 놀라 나는 정신을 잃고 기절한 채 그곳에 쓰러졌다.

10) 성 빌헬무스(S. Wilhelmus) : 쇠사슬을 차고 순례의 길에 올랐던 12세기의 사람.

11) 안토니우스(Antonius) : 이집트의 은둔자. 여기서는 악마의 유혹을 받은 것을 패러디 하고 있다.

7장

내가 어떻게 회복되었는지 모르지만 내 머리는 그 노인의 무릎에 놓여 있고, 내 재킷이 풀어져 있다는 사실을 알았다. 은둔자가 내 곁에 아주 가까이 있음을 보고 마치 그가 이 순간 내 심장을 꺼내기라도 하듯 무서워서 소리를 지르기 시작했다. 그러나 그는 “아들아, 조용히 해라. 나는 아무 짓도 하지 않는다. 그만하거라” 등의 말을 했다. 그가 나를 위로하고 쓰다듬을수록 나는 더 소리를 질렀다. “아, 너는 나를 잡아먹으려고! 날 잡아먹으려고! 너는 늑대야. 그리고 나를 먹을 거야.” “에이, 아니야, 얘야.” 그는 말했다. “잡아먹지 않으니 진정해라.” 그와 함께 그의 오두막에 따라가게 되었을 때까지 이 난리는 오래 계속되었다. 나의 배 속은 채소와 마실 것으로 회복되었고, 아주 혼란스러웠던 기분은 노인의 위로와 친절함으로 다시 가라앉았다. 그래서 나는 자연스럽게 달콤한 잠의 유혹을 쉽게 느꼈다. 은둔자는 그것을 알아채고 한 사람만 누울 수 있는 오두막 잠자리를 내주었다.

나는 잠들었고 한낮이 될 때까지 깨지 않았다. 이때 은둔자는 내 앞에 서서 말했다. “일어나라, 꼬마야, 먹을 것을 줄게. 그다음 숲으로 가는 길을 가르쳐 주마. 그러면 너는 다시 사람들에게 돌아갈 수 있다. 밤이 되기 전 다음 마을에 갈 수 있다." 나는 물었다. "사람들과 마을? 그것들이 뭐요?" 그가 말했다. "너는 한 번도 마을에서 살아 본 적이 없느냐? 한 번도 사람들 혹 인간들이 무엇인지 몰랐느냐?" "몰라." 난 말했다. "나는 여기 외에는 있어 본 적이 없어요. 그런데 사람, 인간 그리고 마을이 뭐야요?" "신의 가호를…." 은둔자는 말했다. "너는 바보냐, 아니면 똑똑한 것이냐?"

"아니요. 나는 내 모이더와 크난의 녀석이지. 바보나 똑똑이가 아녜요." 은둔자는 놀라서 성호를 긋고 한숨을 쉬며 말했다. "아이야, 나는 너를 주님의 뜻대로 잘 가르치도록 할 것이다." 이 말을 하고 우리의 대화와 반박은 다음 장에서 보듯이 계속되었다.

8장

은둔자 : 이름이 무엇인가?

짐플리치시우스 : 사내 녀석.

은둔자 : 여자아이가 아닌 것을 안다. 네 아버지, 어머니는 너를 뭐라 부르지?

짐플리치시우스 : 나는 아버지, 어머니가 없어요.

은둔자 : 누가 이 옷을 주던?

짐플리치시우스 : 에이, 그건 내 모이더가.

은둔자 : 네 모이더는 너를 뭐라고 부르던?

짐플리치시우스 : 놈이라 불러요. 그리고 악당, 지질한 멍청이, 그리고 교수대 주변의 까마귀라 불러요.

은둔자 : 그러면 네 모이더의 남자는 너를 뭐라 부르던가?

짐플리치시우스 : 놈이라 부르지요.

은둔자 : 네 모이더의 남자 이름은 무언가?

짐플리치시우스 : 크난요.

은둔자 : 네 모이더는 그를 뭐라 부르던?

짐플리치시우스 : 크난, 그리고 마이스터라고도 불러요.

은둔자 : 그녀가 그를 한 번이라도 다르게 부른 적이 있

지?

짐플리치시우스 : 예. 그래요.

은둔자 : 어떻게?

짐플리치시우스 : 싸가지, 우다닥 방망이, 돼지, 뚱땡이, 그리고 둘이 싸울 때는 또 다르게 불러.

은둔자 : 뭘 모르는 멍청이구나. 부모와 자신의 이름도 모르다니!

짐플리치시우스 : 에이, 댁도 그런 것은 므르면서.

은둔자 : 기도할 줄 아니?

짐플리치시우스 : 하늘이신 우리 아버지. 이름이 거룩해지옵고, 당신의 나라가 오고, 당신의 뜻이 땅에서처럼 하늘에서도, 우리가 우리에게 죄지은 자들에게 주었던 죄를 우리에게 주시고, 우리를 나쁜 시험에 들지 말게 하시고, 나라에서 해방시키소서. 권세와 영광이 영원히, 아멘.

은둔자 : 한 번도 교회에 가 본 적 없지?

짐플리치시우스 : 아뇨, 용감하게 올라갈 수 있어요. 나는 손수건 가득 버찌를 땄어요.[12)]

은둔자 : 오, 하나님, 당신의 자비와 은총 앞에서 누구에게 당신을 나타내려 하시는지 제가 이제 알겠나이다.

12) 은둔자가 키르헤(kirche, 교회)에 가 본 적이 있냐고 물었을 때 짐플리치는 키르슈(kirsche, 벚나무)로 알아듣고 동문서답을 한다.

인간이 아닌 자에게 당신은 그런 통찰력을 주시지 않습니다. 주는 당신을 높이 묵상하도록 당신의 거룩한 이름을 주셨습니다.

내 말 들어라, 이 천치 바보 짐플리치(달리 부를 이름이 없었다), 주기도문을 외울 때는 이렇게 기도해야 한다. 하늘에 계신 우리 아버지, 이름을 거룩히 여기시며, 당신 나라가 임하시며, 뜻이 하늘에서 이루어진 것같이 땅에서도 이루어지나이다. 우리에게 일용할 양식을 주시고, 그리고 —

짐플리치시우스 : 치즈도 달라고 해도 되지요?

은둔자 : 조용히 하고 배우거라. 배움이 치즈보다 더 낫다. 네 모이더가 말한 대로 너처럼 덜된 놈은 노인이 말할 때 말을 가로막는 것이 아니라 입 다물고 듣고 배워야 한다. 네 부모가 어디쯤 사는지 알 것 같아. 너를 다시 데려다 주마. 그 사람들에게 자식을 어떻게 키워야 할지 내가 가르칠 것이다.

짐플리치시우스 : 어디로 가야 할지 몰라요. 우리 집은 불타 버렸고, 모이더는 도망갔다가 우르젤레를 데리고 다시 왔고, 크난도 돌아왔고. 우리 집 하녀는 병들어 외양간에 누워 있어요.

은둔자 : 누가 집을 불태웠는데?

짐플리치시우스 : 하, 철 무장을 한 남자들이 크난을 묶

어 놓고, 늙은 양이 그의 발을 핥게 해 크난은 웃지 않고는 못 배겼죠. 그리고 크난은 이 철 무장 남자들에게 많은 은전을 주었고, 크고 작은 그리고 꽤 많은 금도 주었고, 그 밖에 예쁘게 빛나는 물건들과 흰 구슬이 주렁주렁 달린 고운 장미 화관도 주었어요.

은둔자 : 언제 그런 일이 있었지?

짐플리치시우스 : 내가 양을 칠 때, 그들이 내 피리를 뺏으려 했지요.

은둔자 : 언제 네가 양을 먹였나?

짐플리치시우스 : 에이, 철 무장 남자들이 오는 소리를 못 들었나요? 그리고 그다음 우리 집 하녀 안이 나더러 도망가라고 말했어요. 안 그러면 군인들이 나를 붙잡아 간다고 했어요. 군인들은 철갑 무장을 한 남자들이지요. 그 때 나는 도망쳤고, 여기까지 왔죠.

은둔자 : 이제 어디로 갈 것인가?

짐플리치시우스 : 진짜 모르겠어요. 나는 댁에, 여기 있고 싶어요.

은둔자 : 너를 여기 묵게 하는 것은 너나 나에게 온 기회가 아니야. 먹어라, 그러고선 내가 너를 다시 사람들에게 데리고 갈 것이다.

짐플리치시우스 : 아이, 사람이 무슨 물건인지 말하기나 하세요.

은둔자 : 사람들이란 나와 같은 인간을 말하며, 너와 너의 모이더와 크난 그리고 하녀 안과 같은 인간들이다. 이들이 함께 있으면 그들이 다 사람들이다.

짐플리치시우스 : 아, 그렇군요!

은둔자 : 이제 가서 먹어라.

이런 말들이 오가는 가운데 은둔자는 깊은 한숨을 쉬며 나를 바라보았다. 나는 그가 나에 대해, 나의 단순성과 무지에 대해 대단한 동정심을 가졌다는 것을 그때는 잘 몰랐고 몇 년이 지난 후 내가 그때 단순 무식했다는 것을 알았다.

9장

약 3주가 지난 후 은둔자는 이 사내아이를 맡기로 결정했다.

은둔자는 내가 마음에 들었나 보다. 나는 일을 익숙하게 끝낼 뿐 아니라, 마치 밀랍같이 연한 내 마음이 배운 것을 새길 수 있는 반듯한 글판인 것을 보여 주려는 것처럼 내가 그의 말을 열심히 들었기 때문이었다. 그런 이유로 그는 점점 나를 가장 선한 곳으로 인도하려고 열심을 다했다. 그는 루시퍼에 관한 이야기로 강의를 시작했고, 그다음 천국편으로 들어갔다. 그리고 우리가 조상과 함께 추방되었을 때, 모세의 율법을 지나갔다. 십계명에 대해서도 해석하며 설명해 주었다. "십계명은 하나님의 뜻을 아는 규범이며, 이것에 따라 거룩한 하나님의 뜻에 맞는 삶을 행하는 것이란다." 드디어 그는 복음을 설명하기에 이르렀고 예수그리스도의 탄생, 고난, 죽음 그리고 부활에 대해 말해 주었다. 마지막으로 최후의 심판을 말하며 내 눈앞에 하늘과 지옥을 펼쳐 보였다. 그리고 그런 모든 것들은 마땅히 일어나는 상황이라고 한다.

강의 자료 학습이 다 끝나면 그는 다른 것을 시작하고

때때로 내 질문에 인내하면서 정중히 답해 주었다. 그의 삶과 이야기는 그렇게 어리석지만은 않은 나의 이성이 신의 은총으로 두려움 없이 나아가게 하는 끊임없는 설교였다. 나는 기독교인이 알아야 할 모든 것을 3주 안에 이해했을 뿐 아니라 밤마다 이런 강의에 애착이 가서 그 전에는 잘 수 없었다.

내 영혼의 글자판은 아주 비어 있고 내 마음판에 그전에 달리 새겨진 그림이 없다는 것을 안 은둔자는 내게 다른 것을 가르치는 게 방해될지도 모른다고 결론 내렸다. 그와 동시에 다른 사람과는 달리 순수한 단순성이 아직 내게 남아 있었다. 은둔자는 정작 내 이름은 모르기 때문에 나를 짐플리치우스[13]라고 불렀다. 나는 기도하는 것도 배웠다. 내가 꼭 그의 곁에 머물고 싶다고 고집을 부리자 그는 그것을 받아들였다. 우리는 나무와 싸리 · 흙으로 그의 것과 똑같은 오두막을 지었다. […]

13) 짐플리치우스(Simplicius) : '단순, 올곧은, 순진함' 등을 뜻한다.

10장부터 11장까지

짐플리치우스는 이제 읽고 쓰는 것을 배웠고, 은둔자의 힘든 노동에 함께했다. 딸기 · 과실 · 버섯을 모으고, 낚시하고, 정원[14]을 정리하고, 겨울에 쓸 땔감을 옮겼다. 두 사람은 일요일마다 그리 멀지 않은 곳으로 예배를 보러 갔다. 그곳 마을에 사는 목사와 은둔자는 아주 잘 아는 사이였다.

14) 대부분 독일인들의 집에는 정원이 딸려 있다.

12장

나는 약 2년간을 지내며 은둔자와 함께 사는 힘든 생활에 겨우 적응했다. 늘 하듯이 내 선한 친구가 손을 잡고 우리가 기도하곤 하던 정원으로 나를 데리고 갔다. 그는 삽을 주면서 말했다. "자, 짐플리치, 내가 이 세상에서 너와 하직할 시간이 된 것 같다. 이승에서 너와 작별해야 해. 네가 이 황무지에서 오래 견디지 못할 거라는 것을 잘 알기에 특히 앞으로 네가 어떻게 살아나갈지에 대한, 그리고 너를 미덕의 길로 인도할 몇 가지 가르침을 주고자 한다. 바른 원칙에 따라 영원한 축복에 이르기 위해 네 삶을 세우고자 할 때 이것들이 너를 다스려 줄 것이다."

이 말에 내 눈에는 눈물이 고였다. 나는 듣기 싫어하며 말했다. "진실하신 아버지, 그러면 당신은 이 야생의 숲에서 떠나실 것입니까? 그러면 나는 많은 것들을 이해 못합니다." 그러고선 신뢰하는 아버지에 대한 넘치는 사랑에서 오는 내 마음의 고통이 격렬해져 그의 발치에 죽은 것처럼 쓰러졌다.

그는 다시 나를 일으켜, 시간과 기회가 허락하는 만큼 나를 위로하고 지존자의 질서를 거역하겠느냐고 물으면서 내 잘못을 나무랐다. "너는 하늘이나 지옥도 모르는

가?"

"그러니까 그만두라, 내 아들아! 휴식을 갈구하는 나의 약한 육신에 짐을 지우려고 네가 무엇을 회피하고자 하는가? 내가 이런 속세에서 더 오래 살아야 한다고 생각하는가? 아, 아니다. 내 아들아, 네가 나 때문에 훌쩍거릴 것 없다. 내 의지와는 상관없이 신의 강력한 의지에 따라 나를 떠나게 하라. 내 마지막 말에 소용없이 소리만 지르지 말고 내 말을 들어라." 계속 그는 내게 충실하기 충고하기를, 내가 나 자신을 나쁜 세상에서 항상 지켜야 한다고 했다. 그는 내게 한 예를 들며 말했다. "네가 말바시아[15] 한 방울을 식초가 가득 담긴 그릇에 떨어뜨리면, 그것은 곧 식초가 될 것이다. 그러나 네가 알바니아 포도주에 식초를 부으면, 그것은 포도주가 된다. 아들아, 모든 사물 앞에서 확고하기를. 마지막까지 견디는 자가 복될 것이며, 예상과 다르게 네가 인간적 약함에서 문제가 생기면 많은 회개를 통해서야 다시 일어설 수 있을 것이다."

신중하고 경건한 이 남자는 내게 인간적 결함에 관한 것을 그리 많이 가르쳐 주지는 않았다. 그건 그가 많이 알지 못해서가 아니라 그가 하는 많은 말이 청소년인 내가

15) 말바시아(Malvasia) : 유럽 남부 지역의 포도주.

알아듣기가 충분하지 않다고 생각한 것이다. 그리고 적은 말이 긴 설교보다 기억하기에 더 좋기 때문이었다. 세 가지 사항, 즉 스스로 인식하는 것, 나쁜 사람들의 모임을 피하는 것, 인내하는 것이 필수적이라고 내게 가르쳐 줬다. 왜냐하면 그는 이런 일에 실패하지 않았으며, 그가 자기 자신에 대해 알게 된 후에, 그는 사악한 사회뿐 아니라 전 세계로부터 도피했다. 또한 그런 가운데서 끝까지 인내하며 진정한 행복을 추구했기 때문이다.

위에서 언급한 사항들을 내게 훈계한 후, 그는 곡괭이를 쥐고 자기가 누울 자리를 만들기 시작했고, 나는 그가 내게 지시하는 대로 그 일을 잘 도왔다. 그런데 무슨 목적으로 이렇게 하는지는 생각해 보지 않았다. 그러는 사이에 그가 말했다. "사랑하는 아들아, 나는 내 영혼이 가야 할 곳으로 가게 된다. 너의 죄와 마지막 명예를 내 육신에 지고 내 영혼이 가야 할 곳에 가게 된다. 내 육신에게 너의 책임과 마지막 명예를 보여다오. 지금 우리가 파낸 이 흙으로 나를 다시 덮어다오." 이렇게 말하고 그는 내 팔을 잡고 키스하며 나를 포옹했다.

"애야." 그가 말했다. "하나님의 보호하심 가운데 있기를! 그리고 하나님은 너를 품기를 희망하시기 때문에 그렇게 된다면 더없이 기쁘겠다." 나는 불평하고 훌쩍거리는 것 외에 달리 할 수 있는 일이 없었다. 나는 떠나지 말라고 그의 목에 걸쳐진 사슬에 매달렸다. "아들아, 내 무덤이 깊게 파였는지를 볼 수 있게 나를 놔 달라." 그는 외투와 사슬을 떼어 냈다.

"아, 위대하신 주여, 당신이 내게 주신 영혼을 다시 받아 주소서. 내 정신을 당신의 손에 맡기겠습니다"라고 말하면서 그는 잠자러 가는 사람처럼 무덤 안으로 들어갔다. 그러고선 그는 입과 눈을 온화하게 닫았다. 나는 그가 자주 그런 식으로 경련을 일으키는 것을 보아 왔기 때문에 그의 영혼이 육신을 떠났다고 생각하지 못하고 멍청하게 서 있기만 했다.

나는 이런 일에 습관이 되어 기도하면서 몇 시간 동안 무덤 곁에 있었다. 내 사랑하는 은둔자가 더 이상 일어나지 않으려 할 때, 나는 무덤 속 그에게로 내려갔다. 그리고 그를 흔들고 입 맞추고 쓰다듬기 시작했다. 그러나 더 이상 살아나지 않았다. 무정한 죽음이 가련한 짐플리치우스의 거룩한 동거자를 빼앗아 가 버렸기 때문이다. 나는 물을 끼얹고, 아니 제대로 말하자면, 영혼이 떠난 몸을 눈물로 문질렀다. 그리고 오랫동안 한탄스럽게 고함지르며 이리저리 서성거린 후 한 삽 뜨는 것보다 더 많은 나의 한숨으로 그를 덮었다. 그의 얼굴을 간신히 덮고 난 후 그를 한 번 더 보고 입맞춤하려고 다시 내려가 흙을 털어 냈다. 종일 이렇게 했다. 이렇게 장례식, 고인의 연미사, 검객[16] 역할을 혼자서 끝냈다. 광대 · 관 · 덮개 · 촛불 · 일꾼들과 동행자는 없었다. 또한 고인에게 노래를 불러 줄 성직자도 없었다.

16) 검객 : BC 3세기에 장례식의 일부분이던 검투사 놀이를 의미한다.

13장부터 14장까지

짐플리치우스는 목사의 권고와는 다르게 숲에 우선 머물러 있기로 했다. 그러나 곧 이 모험이 힘들어지기 시작했다. 그는 회의가 일어 목사 말을 믿기로 하고 길을 떠났다. 그가 마을에 가까이 갔을 때, 스웨덴 군대가 몇 번 습격한 것에 대한 목격자가 되었다. 드디어 그는 시골 하인에게 수모를 당했던 목사를 만났으나 그로부터 어떤 충고나 도움도 받을 수 없었다. 숲으로 되돌아와 은둔자가 되기로 새롭게 마음을 정했다. 이틀 후 그는 이리저리 헤매는 군인들에게 선한 마음으로 숲에서 빠져나가는 길을 안내해 주기도 했다.

15장

다시 집으로 돌아와 보니 내가 쓰던 부싯돌과 집 안 가구들이, 내가 여름내 정원에서 키웠고 닥쳐올 겨울을 대비해 먹지 않고 저장했던 보잘것없는 식품들과 함께 몽땅 없어진 것을 알았다. 어디로 갔을까? 그때의 어려운 상황이 나에게 기도를 가르쳐 주었다. 내가 무엇을 해야 할지, 무엇을 하지 말아야 할지를 생각하며 아주 부족한 지혜를 모아 기도드렸다. 그러나 내 경험이 보잘것없어 어떤 결론에 이르지는 못했다. 하나님께 맡기고 하나님만을 믿는 것이 최선이었다. 그렇지 않으면 나는 틀림없이 절망하고 비참해질 것이다.

나는 그날 듣고 본 사건에 대한 생각을 털어 버릴 수가 없었다. 음식이나 내 안전에 대한 것보다 군인들과 농부들 간에 품고 있는 반감에 대한 것이 더 생각났다. 하지만 내 우둔한 머리로는 이 세상에는 두 종류의 인간들이 있다는 사실 외에 더는 생각이 나지 않았다. 즉, 아담의 종족과 같은 종족이 아닌, 서로가 무섭게 추격하는 비이성적인 동물과도 같은 거친 종족과 길들여진 종족이 있다고 보았다. 이런 생각을 하면서 나는 불쾌감과 추위와 굶주림을 참으며 잠들었다.

꿈속에서 내 집 주변에 서 있는 나무들이 갑자기 완전히 다른 모양으로 변했다. 나무들 꼭대기마다 기사가 한 사람씩 앉아 있었다. 모든 가지들은 잎 대신에 가지각색의 사내들로 변했다. 그들은 각자 긴 창을 지녔거나 소총 · 칼 · 깃발 · 북 · 피리를 갖고 있었다. 모든 것이 질서 정연하고 정교하게 배열되어 재미있어 보였다. 하지만 뿌리 부분에는 수공업자, 일용직, 대부분의 농부들과 그와 같은 별 볼일 없는 사람들이 있었다. 그렇긴 해도 이들은 나무에 힘을 부여해 주고 있었고, 나무가 그 힘을 잃으면 다시 만들어 내기도 했다. 그들은 떨어진 잎들을 보충해 주고 있었고, 그 일로 꽤 큰 손해를 보고 있었다.[17] 동시에 그들은 나무 위에 앉아 있는 사람들을 향해 한숨을 쉬었는데, 나무 전체의 무게가 그들을 누르고 있었기 때문에 한숨이 나올 만도 했다. 그 무게에 눌려서 그들의 돈주머니에서, 자물쇠 일곱 개를 채운 돈주머니에서도 돈이 다 터져 나왔다. 돈이 나오지 않으면, 병참부가 나뭇가지로 한숨, 눈물, 손톱의 피, 그리고 다리 골수가 나올 정도로, 소위 군사적 수행이라 일컫는 행위로써 그들을 학대했다. 이들 중에는 광대라고 불리는 사람들이 있었다. 광대들은

17) '잎들의 보충' 이야기는 알레고리 같다. 즉 전시에 군인이 모자라면 하층 계급 사람들로 충원되던 당대 현실을 이른다.

나무 아래에 있는 사람을 걱정하지 않았다. 광대는 그저 모든 일에 어깨를 가볍게 움찔거리고 그들의 시련을 위로하는 대신 갖가지 조롱을 퍼붓고 있었다.

16장

그렇다. 이 나무의 뿌리 부분은 아주 비참했고 한탄스러웠다. 가장 아래 가지에 있는 사람들은 많은 수고와 노동과 불편함 가운데 인내하며 견뎌야 했다. 하지만 이들은 그 옆에 있는 고집 세고 난폭하며 타락한 사람들보다 항상 더 쾌활했다. 이렇게 뿌리는 늘 힘들고 견디기 어려운 짐을 지고 있었다.

그들은 먹고 마시고, 배고픔과 갈증에 고통당하고, 몸 팔고 방탕하고, 노름하고, 마구 먹고 싸우고, 살인하고 피살당하고, 죽도록 패고 다시 죽을 때까지 맞고, 괴롭히고 다시 괴롭힘 당하고, 사냥하고 다시 사냥당하고, 약 올리고 다시 약 올림을 받고, 훔치고 도둑맞고, 털어 가고 털리고, 겁주고 겁먹고, 고통 주고 고통당하며, 때리고 맞는다. 간단히 말해 못된 짓으로 남을 상처 입히고, 그러고는 다시 못된 짓으로 상처를 받는다. 이러한 것들은 그들 모두가 하는 행동이며 그들의 본질이다. 겨울과 여름도, 눈과 얼음도, 더위와 추위도, 비와 바람도, 산과 골짜기도, 들판과 진흙도, 구덩이와 산길도, 바다와 물, 불과 둑, 아버지와 어머니, 그리고 형제자매들도, 육신의 위험도, 영혼과 양심도 그들의 악행을 막지 못한다. 비행은 전투, 공격, 포격, 출정 때에도 그리고 야영지에서도 (군인들이 뚱뚱한 농부를 만나게 되면 지상의 천국이 되지) 더 악랄하게 계속되어 그들의 상태는 서서히 악화되면서 죽어 부패된다.

일정 연령에 이른 그들 중 몇몇은, 건강하지 못하고 거지와 떠돌이가 된다. 그들은 비참한 사람들 바로 윗가지에서 불쌍한 아래 가지 사람을 물어뜯던 늙은 닭잡이들로서, 죽음에서 살아난 행운아들이었다. 이들은 한 단계 높이 올라와 있기 때문에 최하위급이긴 하지만 어느 정도는 명성도 있어 보였다. 그러나 그들 위에는 아래에 있는 사람들에게 명령을 할 수 있다는 특권 때문에 좀 더 허세를 부리는, 조금 더 높은 신분이 있다. 그들은 매와 고문으로 창병의 등과 머리를 패고 다져서 여기서 빠져나온 기름으로 자신들의 무기를 닦고자 했다.

나무 몸통의 위는 다른 곳과 좀 차이가 나난다. 이곳은 가지가 없는 반듯한 장소로 대리석 혹은 청동거울 같은 독특한 재료로 만들어졌다. 그리고 질투심이라는 기이한 비누가 칠해져 있어 어떤 사내도 – 그가 귀족이라 할지라도 – 용기나 노련함 또는 학문으로도 올라갈 수는 없는 대단한 자리인 것이다. 이곳의 일부 사람들은 젊고, 또 일부는 꽤 나이가 들었고 깃발을 들고 앉아 있었다. 젊은이들은 그들의 사촌들을 들어 올리고 있고, 나이 든 사람들은 부분적으로 뇌물이라 하는 은사다리를 타고, 혹은 다른 이들이 가지지 못한 행운이라는 발판을 딛고 스스로 올라갔다.

한 병참 장교가 이쪽으로 와서 기분 전환으로 돈 한 통을 나무 위에 쏟으니, 제일 위쪽 높은 신분의 사람이 그것을 가로채고 가장 아래 사람들에게는 거의 오지 않았다. 맨 아래에 있는 사람들은 적에게 죽임을 당하기보다 굶어 죽는 경우가 많았다. 맨 꼭대기에 앉은 사람들에게는 이런 일이 최대한 면제되는 것 같아 보이지만. 그렇기 때문에 이 나무에서는 더듬어 올라가는 행위가 끊임없이 이어졌다. 모두가 가장 높은 자리에 앉고자 했기 때문이다.

17장

짐플리치우스는 이 꿈속에서 한 상사와 아델홀트라 불리는 남자의 싸움을 보았다. 두 사람은 나무 위에서 귀족의 특권 때문에 싸웠고, 상사는 이런 귀족들 때문에 위로 올라가는 것이 막힌다고 하소연했다. 짐플리치우스는 문제 될 것이 없다고 생각했다.

18장

나는 이 늙은 당나귀(상사)[18]가 하는 소리에 더 이상 귀 기울이고 싶지가 않아 하소연하게 내버려 두었다. 그는 불쌍한 군인들을 개 패듯 자주 때렸기 때문이다. 나는 땅에 가득 서 있는 나무들 쪽으로 몸을 돌렸다. 나무들이 움직이고 부딪칠 때 사내들이 무더기로 아래로 떨어지면서 우당탕, 쾅 소리가 났다. 이 순간 그들은 살아남거나 죽었고, 팔을 잃은 사람, 다리를 잃은 사람들, 머리까지 없어진 사람들도 있었다. 내가 그것을 바라보고 있자니, 내가 보았던 모든 나무들은 한 나무였으며 나무 꼭대기에는 전쟁의 신 마르스가 앉아서 나뭇가지들로 전 유럽을 덮고 있었다. 내가 알 수 있는 점은 이 나무가 전 세계를 덮을 수 있다는 것이었다.

피해를 주는 바람의 위력적인 덜커덩거림, 그리고 나무들끼리 서로 치고 때리는 소동에 나는 잠에서 깨어났다. 오두막에는 나 혼자 있었다. 나는 무엇부터 시작해야 할지를 다시 생각하기 시작했다. 나는 모든 것을 잃었기

18) 원전에는 '당나귀'라고만 쓰여 있다.

때문에 숲에서 살 수는 없었다. 더 이상 머무를 수가 없었다. 여기저기 내팽개친 채 굴러다니는 책 몇 권 외에는 더 이상 남은 것이 없었다. 나는 눈물 흘리며 다시 그것들을 모았다. 그리고 동시에 하나님이 내 마음속에 임재하셔서 내가 어디로 가야 할지, 나를 이끌고 인도하심을 내가 느끼고 있을 때, 한 장의 짧은 편지를 보았다. 은둔자가 생전에 써 놓은 것이다. "짐플리치 보아라. 네가 이 편지를 보면 즉시 숲을 나가거라. 그리고 너 자신과 지금 어려움에 처해 있는 목사님을 구해 드려라. 그는 내게 많은 선(善)을 베풀었다. 어디서나 하나님을 눈앞에 모시고 가장 합당한 장소로 너를 인도해 달라고 간절히 기도해라. 매사에 오직 하나님만을 부지런히 섬겨라. 나의 이 마지막 말을 생각하고 포기하지 마라. 그러면 너는 극복할 수 있다. 작별을 고한다."

나는 이 편지와 은둔자의 무덤에 수천 번 키스를 보냈다. 그리고 내가 만날 사람을 찾으러 길을 떠났다. 이틀 동안 계속 한길만 걸어갔고, 밤이 왔을 때 나는 잠을 자려고 속이 빈 나무를 찾아 숙소로 삼았다. 먹을 것이라고는 오는 길에 모았던 너도밤나무 열매밖에 없었다. 사흘째 되는 날 나는 겔른하우젠[19]에서 멀지 않는 곳의 꽤 너른 들판에 왔다. 도착과 동시에 이곳에서 잔칫상을 즐겼다. 들판 도처에 충분한 볏단이 놓여 있었기 때문이었다. 이곳에 살던 농부들은 그 이름 높은 뇌르틀링겐 전투[20]가 끝난 후에 추방되었기 때문에 그 볏단들을 거두어들일 수 없었다. 너무 추워서 볏단 속에 잠자리를 만들었다. 그리고 밀을 비벼 먹고 배를 채웠다. 오랫동안 먹어 보지 못했던 것이다.

19) 겔른하우젠(Gelnhausen) : 독일 헤센 지방의 도시. 그리멜스하우젠의 고향. 마인 강 지류인 킨치히 강 근방에 있다.

20) 뇌르틀링겐(Nördlingen) 전투 : 1634년 9월 6일 바이마르의 베른하르트 장군 휘하 스웨덴군이 이 전투에서 패배했다.

19장

짐플리치우스는 얼마 전 스웨덴 연합군이 황실부대에 습격당했던 겔른하우젠 시에 도착했다. 도시의 처참한 모습이 그를 계속 하나우 요새로 가게 했다. 그곳에서 그는 소총병 두 명에게 붙잡히게 되었다.

독자들에게 이야기를 계속하기 전에 그 당시의 내 몰골에 대해서 말해야 하겠다.

내 옷차림과 태도가 워낙 기이하고 유별났기 때문에 요새 사령관에게 이 내 모습을 그려 놓게 할 정도였다. 서너 달 동안 자르지 않은 내 머리카락은 빗질을 하지 않았을 뿐 아니라 제멋대로 헝클어져 1년 넘게 먼지를 뒤집어쓴 채 산발이 되어 있었다. 얼굴이 창백한 나는 쥐를 노리는 올빼미처럼 보였다. 그리고 항상 맨머리로 다녔고 머리카락은 본래 곱슬머리였기 때문에 터키 터번을 두른 것처럼 보였다. 남아 있던 의복은 내 거친 머리 스타일과 어울렸다. 치마라고 해야 되는지, 나는 은둔자의 치마를 입고 있었다. 애초의 옷감은 사실상 없어졌고 형태만 남아 수천 개의 헝겊 조각이 덧대어 있었다. 이런 치마 위에는 외투 대신에 털로 짠 윗도리(소매 부분은 양말로 만들었다)를 걸치고 있었다. 온몸은 쇠사슬에 둘러져, 앞뒤는 가는 십자 모양으로, 성 빌헬무스처럼 허리띠를 둘러 마치 터키군에 붙잡혀 시골로 끌려가는 것 같은 굴욕적인 모습이었다. 내 구두는 나무로 만들어졌고, 구두 테두리는 보리수 껍질로 엮여 있어 발 자체가 붉은 꽃게처럼 보이거나 마치 붉은 양말을 신었거나 혹은 브라질산 붉은 목재를 두른 것처럼 보였다. 이런 내 모습은 당시 곡예사 · 협잡꾼 혹은 떠돌이를 연상시켰을 것이다.

내가 가지고 있는 십자가를 보지 못했다면 사람들은 아마 나를 시베리아 몽골인 또는 그린란드 사람으로 보았을 것이다. 나는 감시당하면서 엄격한 조사를 받았다.

20장

조사를 마친 후 짐플리치우스는 하나우의 사령관 앞에 갔다. 감시자는 사령관에게 보고하기를 포로에게 첩자 혐의가 있어 이미 철저한 조사를 했다고 말했다. 사령관은 짐플리치우스가 쓴 기도문과 은둔자의 편지가 들어 있는 작은 자작나무 책을 보관하고 있었다. 사령관은 이 편지의 필체에 놀랐다. 그는 이 글씨가 눈에 익다고 말했다. 공식적으로 짐플리치우스의 혐의가 확정됐다. 이 소년은 즉시 사슬에 묶여 감옥으로 호송되었다. 바로 호송된 곳에서 짐플리치우스는 그를 위해 사령관에게 보증을 서 주었던 목사를 다시 만났다.

21장

내가 사령관을 만나도 좋다는 허가가 났고, 한 시간 후에 나는 하인들의 숙소에 가게 되었다. 재단사 두 명과 구두를 가지고 온 구두 수선공, 모자와 양말을 가지고 온 상인, 여러 가지 옷을 가져온 사람이 와 있었다. 재단사들이 치수를 제대로 잴 수 있도록 그들은 쇠사슬과 털윗도리와 함께 내 치마를 벗겼다.

군의관이 내 몸을 문질러 씻겼다. 그는 머리를 강제로 맡아 내 머리카락을 1시간 반 동안 손질했는데, 당시의 유행에 따라 잘랐다. 그는 3~4년 이상 금욕으로 마르고 굶주린 내 몸을 닦았다. 목욕이 끝나자마자 흰 셔츠, 구두 그리고 녹색 양말을 깃과 함께 가져왔고, 모자와 깃털도 가져왔다. 바지도 완성되었다. 재킷은 아직 오지 않았다.

요리사가 진한 수프를 가져왔고, 여자 하인이 음료수를 들고 왔다. 짐플리치우스는 이제 진짜 늙은 백작처럼 앉아 있었다. 아직 처형되기 전의 만찬에 대해 아는 바가 없었기 때문에 나는 당당하게 행동했다. 재킷이 완성되어 입어 보았으나 마치 산울타리에 갖다 댄 것처럼 어색하고 세련되어 보이지는 않았다.

재단사는 옷을 다시 부지런히 만들어야 했다. 잠시 후

면 나는 좋은 옷감으로 만든 멋진 옷을 입게 될 것이다. 숲 속에서 입었던 내 옷과 사슬은 다른 잡다한 물건들과 함께 희귀품 및 고대 미술품을 전시하는 미술관으로 보내졌다. 내 초상화는 실물 크기로 그 옆에 세워졌다.

22장

그날 아침 사령관의 집사는 내가 앞서 언급했던 목사에게로 가서, 사령관이 나 때문에 목사와 한 이야기를 듣도록 명했다. 그는 함께 갈 호위병 한 명을 나에게 붙였다. 목사는 나를 서재로 데려가 앉게 한 다음 말했다. "짐플리치, 네가 숲에서 함께 있던 은둔자는 현임 사령관[21)]의 매부이자 전쟁 시에는 그의 교사이며 좋은 친구였단다. 사령관이 내게 들려준 바에 따르면 그 은둔자는 소년 시절부터 영웅적 기질을 지닌 군인의 용맹함과 수도승 같은 경건성과 신앙을 한 번도 잃어 본 적이 없었다고 한다. 그의 경건성과 여러 불행한 사건들은 세속적 행복을 누리는 것을 방해해, 결국 그는 귀족의 혈통과 쇼텐[22)]에 있는 그의 상당한 재산을 포기했다고 한다. 그 모든 세속적인 협상이란 꺼림칙한 것, 거부해야 될 공허한 것으로 생각했기 때

21) 여기서 1638년까지 하나우 요새의 스웨덴 측 사령관인 야코프 폰 람자이(Jacob von Ramsay, 1589~1639)라는 인물이 인용, 패러디 되었다. 실제 역사에 있었던 사람과 이야기 속 인물의 이름이 같은 것이다. 짐플리치우스의 친척임이 암시되어 주인공은 혈통을 미리 짐작케 한다.

22) 쇼텐(Schotten) : 독일 포겔스베르크 지역에 있는 쇼텐으로 추정된다.

문이지. 한마디로 그는 현재의 높은 지위를 앞으로의 더 좋은 영광과 바꾸려고 했지. 그의 높은 정신은 이 시대의 온갖 호화로움과는 맞지 않았지. 그는 명성이란 궁핍한 삶을 통해서만 얻어져야 한다고 생각했기 때문이란다. 그가 그렇게 살고 있을 때 네가 숲에서 그를 만났고 그가 임종할 때까지 함께했지. 내 생각으로 그가 옛 은둔자들의 삶에 관한 종교 서적들을 통독하고 나서 은둔자의 삶을 살게끔 유혹받지 않았나 한다.

그가 슈페사르트에서 어떻게 그런 불쌍한 은둔자가 되었는지 네게 숨김없이 다 말해 주마. 피비린내 나는 획스트 전투[23]에서 패한 후 이틀째 밤에 그 사람이 혼자서 목사관에 왔다. 그날은 나하고 처자식들이 아침이 되어서야 잠든 날이었지. 왜냐하면 이 지역에서 도주하는 군인들과 추격자들 사이에 벌어지는 요란한 소음 때문에 전날 밤 내내 그리고 그날 밤의 절반을 깨어 있었다. 처음에 누군가 점잖게 문을 두드리다가 나중에는 나와 하인들이 깰 때까지 아주 격렬하게 계속 두드렸다. 계속 문을 두드리기에 나는 그와 몇 마디 말을 나누고 문을 여니, 한 신사가 말에

23) 획스트(Höchst) 전투 : 1622년 6월 22일에 일어난 전투. 황제 휘하 가톨릭 동맹의 부대장 틸리가 개신교 측의 크리스티안 폰 브라운슈바이크 공작을 굴복시켰다.

서 내렸다. 그 사람이 입고 있었던 금과 은으로 장식된 값진 의복은 적군의 피로 범벅이었다. 그가 아직 칼을 쥐고 있어 나는 무서웠고 놀랐다.

그를 집으로 들였는데 정말 예의 바른 사람이었다. 나는 이런 점잖은 분이 누추한 마을 목사에게 공손하게 숙박을 청하는 이유에 놀랐다. 그의 점잖은 인격과 찬란한 외모 때문에 나는 그를 만스펠트[24]로 생각했다고 그에게 말한 것 같다. 하지만 그는 이번만은 만스펠트와 비교될 수 있을 뿐만 아니라, 오히려 불행한 면에서 그를 능가할 것이라고 말하며 세 가지를 하소연했다. 출산이 임박한 아내를 잃어버린 것, 전투에 패한 것, 그리고 복음 앞에서 그의 삶이 행복한 다른 성실한 군인들과 같지 못하다는 점을 마음 아파했다. 그는 휴식이 필요한데도 다른 곳에는 눕지 않으려 했기 때문에 새 짚으로 만든 군인 침대에 쉬게 했다.

다음 날 아침 그는 내게 말을 선물했고, 귀한 반지와 함께 적지 않은 돈을 아내와 아이들 그리고 하인들에게 나누

24) 만스펠트(Mansfeld) : 1580~1626. 30년 전쟁 때 개신교 연합의 총사령관으로 회스트 전투에서 대패했다. 그는 초기에 가톨릭 편(집안이 가톨릭)이었다가 나중엔 개신교 측에 가담했다. 때문에 본문에 나온 만스펠트가 어느 편인지는 확실하지 않다. 추측컨대 개신교 편인 것 같다.

어 주었지. 그는 셔츠 한 벌과 입지 않는 윗도리를 달라고 하면서 은둔자가 되겠다고 했다. 나는 손발을 휘저으며 할 수 있는 대로 다 말려 보았다. 왜냐하면 그런 의도는 교황의 심성에나 맞는 일이며 그와 같은 사람은 검으로 성직자들을 위해 더 봉사할 수 있다고 생각했기 때문이었다. 하지만 허사였다. 그는 오랫동안 내가 이 모든 것에 동의할 때까지 여러 가지 이야기를 나누었다. 나는 책과 성화, 그리고 집기를 장만해 주었다. 그는 그날 밤 짚 위에서 덮고 잘 털이불을 달라고 하더니 그것으로 상의를 만들어 달라고 했다. 마차 사슬을 그의 초상이 걸려 있는 금 사슬과 바꾸어 주기까지 계속 이렇게 해야만 했다. 이제 그는 돈과 모든 값나가는 물건들을 더 이상 지니지 않았다. 내 복사는 그를 숲의 황폐한 곳까지 안내했고, 오두막 세우는 일을 도왔다. 바로 그곳에서 그는 살게 되었고, 그 후로도 내가 그를 때때로 도왔다. 어떤 부분은 내가 아는 것보다 네가 더 잘 알 것이다. 뇌르틀링겐 전투가 패배로 끝난 후, 너도 알다시피 나는 재산도 털렸고 모욕을 당하는 바람에 이곳으로 피신 오게 되었어. 돈이 다 떨어졌을 때, 나는 세 개의 반지와 은둔자의 초상이 걸렸던 금 사슬과 그의 인장용 반지도 챙겨 돈으로 바꾸려고 유대인에게 가져갔지. 이런 물건의 가치와 아름다운 세공을 본 유대인은 이것을 사령관에게 팔라고 제안했어. 사령관은 문장과 초상을 바로 알아채고 내게 사람을 보내어 내가 이 귀한 물건들을 어디서 얻었는지를 물었다. 나는 사실대로 그에게 말했고, 은둔자의 필체로 쓴 편지를 보였고 그가 어떻게 숲에서 살다 죽었는지 모든 경위를 설명했다. 사령관은 그런 것을 믿으려 하지 않았지. 그가 진실을 잘 알게 될 때까지 너를 체포하게 했단다.

그가 이 일에 관여하면서 한 부대를 숲에 보내어 그가 살던 집을 관찰하게 했고 너를 여기로 데려오라고 명했다. 사령관이 더 이상 내 주장을 의심할 이유가 없었기에, 나는 은둔자가 살았던 장소에 갔고 내 복사도 증인이 되었다. 너를 비롯한 다른 증인들도 나왔다. 게다가 사령관이 네 기도서에서 찾아낸 은둔자의 짧은 편지는 진실을 밝히는 증거물이 될 뿐 아니라 고인이 된 은둔자의 거룩함을 잘 말해 주는 것이기도 했다. 이제 사령관이 그의 매제의 일로 너와 내게 보상을 하려고 한다. 이제 너는 사령관에게 그 어떤 것도 다 요구할 수 있다. 공부를 하려면 그가 학비를 지불할 것이다. 수공업자가 되고 싶은가? 그러면 그가 배우도록 주선해 줄 것이다. 네가 사령관 곁에 머물려고 하면, 그는 너를 자식처럼 곁에 둘 것이다. 사령관은 그의 매제가 키우던 개라도 자신에게 오면 다 받아들이겠다고 말했지. 나는 사령관에게 네게 어떤 것을 베풀더라도 다 좋다고 말해 놓았다."

23장부터 29장까지

이제 사령관이 짐플리치우스를 위해 무엇을 해 주어야 할지를 결정하기 전, 목사는 사령관에게 짐플리치우스가 은둔자에게 얼마나 대단한 존재였나를 설명하면서 그의 결정을 도왔다. 사령관은 감동해 그와 한 약속을 새롭게 하고, 짐플리치우스를 자기 시동으로 삼아 근무하게 했다.

단순하기는 하지만 아주 경건한 이 젊은이는 진영에서 군인들의 부도덕과 악습을 배우게 되었다. 이런 모든 불량한 것들에 익숙하지 않았던 그는 아주 혼란스러워 했다. 그러나 그는 은둔자로부터 배우던 것과 똑같이 순순히 그런 것들을 배워 갔다. 때로 그의 단순함은 군대에게 온갖 횡포의 빌미를 제공하기도 했다. 한번은 사령관이 연회를 베풀었고 이때 짐플리치우스가 식사 시중을 들게 되었다.

30장

식사 시간에는 (여느 식탁에서도 마찬가지라 생각된다) 모두 기독교 식으로 식사 기도를 아주 조용히 가장 경건한 모습으로 한다. 그런 경건함은 수프와 전채 요리를 먹기 시작할 때까지 마치 카푸친 집회에 참석한 것처럼 길게 지속된다.[25] 하지만 서너 번 '주님, 축복 하소서'라고 말하자마자, 벌써 모두 시끄러워졌는데 한두 사람의 목소리가 점점 길어져 갈수록 더 높아진다. 나는 이런 전체 모임을, 처음에는 천천히 시작했다가 갈수록 천둥 치듯 말하곤 하는 웅변가에 비유하고 싶다.

식사를 맛있게 하기 위해 규정상 음료를 마시기 전에 즐기게끔 양념이 가미된 전채 요리라는 음식이 나온다. 음료수를 마시면서 음식 맛이 나쁘지 않게 하기 위해 다른 음식도 곁들여 나온다. 모든 종류의 프랑스 식 수프와 스페인 토속 수프 올라 포트리덴[26]까지 상에 올라온다. 이 음식들은 수천 번의 손질을 거쳤고 셀 수도 없는 첨가물들

25) 카푸친(Kapuzin) 교단의 규율은 수도원의 규율처럼 엄격하다.

26) 올라 포트리덴(Olla Potriden) : 야채와 생선으로 이루어진 스페인 토속 음식.

이 뿌려지고, 으깨어지고, 변하고 섞여, 마시도록 준비되었다. 수프는 첨가물과 마치 우연히 가미된 것 같은 많은 양념들로 그 본래의 맛이 아주 다르게 변해 버려 자연이 처음으로 생산한 것과는 맛이 달랐다. 그래서 크노이우스 만리우스[27]조차도 아시아에서 온 최고의 요리사를 거느리고 있다 할지라도 더 이상 식별할 수 없을 것이다. 음식과 음료를 맛있게 하기 위한 이런 것들이, 왜 사람들의 감각을 망치고 변하게 할 뿐 아니라 아주 짐승처럼 만들 수 있을까를 나는 생각해 보았다.

식탁의 사람들은 돼지같이 처먹었고 소처럼 폭음했다. 이때 그들은 당나귀처럼 행동했으며, 결국은 모두가 개처럼 토해 내었다! 조금 전 지각 있던 사람들의 오감은 건강하고 정상이었는데, 그랬던 사람들이 갑작스럽게 바보 같은 행동으로 망가졌다. 그들의 바보짓은 잔뜩 먹는 것이었고 폭음은 시간이 갈수록 더해 갔다. 그래서 마치 먹고 마시는 이 두 가지 일이 서로 경쟁하는 것처럼 보였다. 드디어 그들의 경쟁은 불경한 가운데 싸움으로 변했다. 그러나 가장 기막힌 일은 이 사람들의 흥분이 어디에서 오는

27) 크노이우스 만리우스(Cnäus Manlius) : BC 188년경 로마의 집정관. BC 189년 이후 소아시아 사령관으로 근무했다. 사치스러운 생활을 즐긴 미식가로 알려져 있다.

것인지를 내가 몰랐다는 것이다. 나는 술의 작용이나 취한다는 것 자체를 몰랐기 때문에 온갖 이상한 추측과 공상에 빠졌다. 나는 사람들의 기묘한 얼굴을 눈으로 봤지만 그 원인은 알지 못했던 것이다.

어떤 사람은 다른 사람들로부터, 즉 높은 사람이나 친구로부터 와인을 받아 자신들 몸속에다 쏟아 부어 눈이 뒤집혀지고 식은땀까지 흘린다. 그래도 취하도록 마신다. 드디어 드럼, 호각, 현악기를 가지고 시끄럽게 한다. 그리고 권총으로 쏘기도 한다. 왜냐하면 그것은 의심할 바 없이 그들이 술을 강제로 빈 배 속에 집어넣기 때문이다. 나는 저 사람들이 왜 술이 몸속에서 따뜻해지기도 전에 건강을 크게 해칠 위험에도 불구하고 술을 쏟아 붓던 바로 그 구멍으로, 괴로워하며 술을 다시 토해 낼까 하는 의문이 생겼다. 와인을 모두 다 어디로 쏟아 붓는지 놀라울 뿐이다.

나의 목사도 이런 와중에 있었다. 그도 다른 사람들처럼 별 볼일 없는 인간이기에 다른 사람들처럼 빗나간 행동을 했다. 나는 그에게 가서 말했다. "목사님, 왜 이 사람들이 이렇게 이상하게 행동하나요? 이 사람들이 이리저리 흐느적거리며 걷는데 정말 왜 그럽니까? 재밌지가 않아요. 모두 배부르게 먹고 마셨다고 생각되는데도 더 퍼마시다니요. 정말 곤란해요. 아주 멈추지를 않고 퍼 넣고 있군요! 꼭 이렇게 해야 합니까? 왜 자유의지르 하나님께 반

향하는 헛수고들을 합니까?"

"얘야." 목사가 대답했다. "술이 들어가면 농담이 나오게 되어 있다! 별일이 아니다. 일이 생기면 조정한다. 내일 일은 여전히 그들에게는 힘들단다. 그리고 그들의 배속이 급히 채워졌지만, 제대로 재미 보려면 아직 멀었지." "그러면 터져 버리겠네"라고 내가 말했다. "그들이 늘 그렇게 무절제하게 집어넣으면, 하나님의 모습인 그들의 영혼이 그런 살찐 돼지 육체에서 견딜 수 있을까요? 그들은 마치 어두운 감옥, 그리고 독충이 우글거리는 도둑 소굴에서 하나님의 감독 없이 사로잡혀 있겠네요? 그들의 고귀한 영혼을 어떻게 이런 것들에 고문당하게 내버려 둘까요? 그들의 영혼에 봉사해야 된다는 생각은 없나요? 내장속에 비이성적인 동물이 묻혀 있는 것처럼?"

"입 닫아라." 목사가 말했다. "너는 매를 엄청 맞아도 싸다. 지금은 설교하는 시간이 아니다. 내가 너보다는 낫다." 이 말에 나는 조용해졌다. 먹을 것이 없어 문 앞에서 초췌한 채 눈에 배고픔이 가득 달려 쳐다만 보고 있는 거지 라자루스[28]를 개의치 않은 채, 그들이 음식과 음료를 어떻게 제멋대로 망치고 있는지 나는 보고만 있었다.

28) 라자루스(Lazarus) : 거지 나사로를 말한다. 성경 누가복음 16장 19~31절에 '부자와 거지 나사로' 이야기가 있다.

31장부터 34장까지

이날 밤 짐플리치우스는 바보스러움 때문에 여러 가지 불편에 시달렸다. 대부분의 사람들이 술에 취해 춤을 추기 시작했을 때, 짐플리치우스는 집이 내려앉는 줄 알았다. 그는 무서워서 한 숙녀 앞에서 정말 실례를 범했다. 이 일로 그는 제대로 엄청나게 매를 맞았고 거위 우리에 갇히게 되었다.

제2권

1장부터 4장까지

짐플리치우스는 거위 우리의 위기에서 벗어났다. 목사가 잘 말해 줘서 사령관은 그를 군대에서 심부름하는 시동으로 새로 임명했다. 그러나 이 소년이 하도 바보스러워 사령관은 시동보다 식탁의 광대로 가르칠 생각을 했다. 목사는 짐플리치우스에게 앞으로 그에게 닥칠 일을 몰래 말해 주고 정말 바보같이 되지 않도록 이 과정을 잘 이겨 내라고 충고해 주었다.

군인들이 짐플리치우스를 악마나 천사로 변장시켜 보기도 하고, 또 '수리수리 마수리' 같은 여러 가지 마술 주문 외는 법을 가르치는 바람에 그는 지옥과 천국을 오락가락하는 것 같았다. 짐플리치우스는 이 모든 교육을 받으며 매를 맞는 것도 감수했다. 사흘째 되는 날 그는 결국 송아지 가죽 옷을 입고, 당나귀 귀 모양의 모자를 쓰고서 다시 거위 우리에 들어가게 되었다.

5장부터 6장까지[29)]

7장

짐플리치우스는 그가 맡은 일을 하며 배고픈 송아지처럼 울기도 했다. 그는 감옥에서 바로 나와 사령관에게 끌려갔다.

그렇다. 군인 두 명이 나를 마치 어떤 패에서 노획한 물건처럼 취급하면서 사령관에게 데리고 갔다. 사령관은 군인들에게 팁을 주었고 내게도 좋은 것을 주겠다고 약속했다. 나는 금 세공사 견습생 자리 같은 것을 마음에 두고 말했다. "사령관님, 저를 거위 우리에 가두지 마셔야 합니다. 가축과 다르게 성장한 우리가 그 일원이 되어야 한다면 송아지들은 이런 것들을 견뎌 내지 못합니다." 사령관은 더 좋은 것을 주겠다며 나를 위로했다.

그러나 그는 나를 톡톡 튀는 광대로 만든 것을 잘한 일

29) 5장과 6장의 내용은 번역 원전인 레크람 출판사 판에는 없다.

로 생각하는 것 같았다. 하지만 나는 상관의 생각과 다르게 말했다. "사령관님, 기다려 주세요. 나는 불에도 견뎌내는 훈련으로 튼튼해졌습니다. 이제는 다른 일도 아주 잘할 수 있도록 기회를 가져 보고 싶습니다." 이때 피난 나온[30] 농부가 그의 가축을 물 먹이려고 몰고 왔다. 나는 그것을 보자마자 사령관 앞을 떠나 송아지 울음소리를 내며 겁주려 하는 것처럼 소 떼에게 급히 달려갔다. 내가 소들에게 급히 달려들었을 때, 소들은 늑대 앞에 있는 것보다 더 겁을 먹었다. 송아지 가죽옷을 입은 내가 그들과 같은 털을 가졌는데도 소들은 마치 8월의 말벌 떼가 무리 가운데서 소동을 일으키기라도 한 것처럼 소리를 지르며 흩어져 버렸다. 이제 소 주인이 소들을 한자리에 불러 모을 수 없게 된 것 같았다. 이 광경이 무척 재미있었는지 사령관은 폭발하듯 웃음을 터뜨렸고 결국 그는 이렇게 말했다. "광대 한 명이 100명 몫을 하는구나." 하지만 나는 속으로 '사돈 남 말하고 있네. 광대 한번 돼 보라지'라고 말했다. 이제 모두들 나를 한순간에 송아지, 뭐 그와 같은 이름으로 불렀다. 그래서 반대로 나도 각 사람들을 특별히 놀리는 별명을 만들어 불렀다. 이 별명들은 대부분의 사람들

30) 30년 전쟁 당시 농부들은 군인들을 피해 도시로 가기도 했다.

에게 와 닿았고, 특히 상관의 생각에 따르자면 아주 독창적이라는 것이다. 그다음부터 모두들 내게 그들의 특징과 성격에 맞는 별명을 지어 불러 주도록 했다.

간단히 말해 모두가 나를 어리석은 바보라고 여겼고, 나는 그들 모두를 똑똑한 바보들이라고 생각했다. 내가 잘못 생각하지 않았다면, 세상 풍습이란 으레 그런 것이다. 사람들은 모두 늘 자기 자신의 지력에 만족해하고, 각자 자신이 모든 사람들 가운데서 제일 똑똑하다고 자만하는 것이다.

농부의 소들과 함께한 오락은 우리들의 짧은 오후를 더 짧게 만들었다. 때가 동지였기 때문이다. 점심시간이 되어 나는 예전처럼 식사를 기다렸다. 그런데 식사 시간에 이상한 일이 일어났다. 내가 식사를 해야 하는데, 아무도 내게 인간의 음식이나 음료수를 주지 않았다. 나는 유리잔을 집으려 했는데 하지 못하게 했다. 상관이 푸줏간에서 신선한 송아지 가죽 몇 벌을 가져오게 했고, 사내아이 둘에게 그것을 머리에 대어 보게 했다. 그는 이것을 내 식탁 옆에 놓고, 우리들에게 첫 번째 음식으로 겨울 샐러드를 주면서 실컷 먹도록 명령했다. 또한 그는 살아 있는 송아지 한 마리를 데려오게 하여 샐러드용 소금을 먹여 원기를 돋우게 했다. 놀란 나는 굳어진 듯이 바라보았다. 하지만 이 상황에서 나도 함께 먹어야만 했다. 분위기상 먹었다. "그래 그렇지." 그들이 나를 냉정하게 바라보듯 말했다. "송아지들이 고기, 생선, 치즈, 버터 그리고 다른 것들을 먹는 게 새삼스럽진 않지. 뭐라고? 때때로 그들은 취하도록 마시지! 짐승들은 무엇이 좋은 것인지를 잘 알고 있지." "그렇지"라고 그들은 계속 말했다. "오늘날 그들과 인간들 사이에 더 이상 별다른 차이는 없어. 그런데도 너만 함께하지 않을 것인가?"

나는 굶었기 때문에 이런 일에 이전보다 더 많이 설득당했다. 인간들 중 일부가 얼마나 돼지보다 더 돼지 같고, 사자보다 더 격분하며, 염소보다 더 호색적이며, 개보다 더 굴욕적이며, 말보다 더 분방하며, 당나귀보다 더 제어하기 힘들며, 소보다 더 폭음하며, 여우보다 더 교활하며, 늑대보다 더 탐식하며, 원숭이보다 더 바보스러우며, 인간이 먹이로 즐기는 뱀과 두꺼비보다도 더 치명적인지를 내가 이전에 이미 보았기 때문만은 아니다. 그들은 외양에 따라 동물과 구별될 뿐, 송아지 한 마리의 순진무구함과는 아주 거리가 멀다.

8장부터 12장까지

짐플리치우스는 계속 사령관의 오락과 식사 시간에 봉사하고 있었다. 한번은 짐플리치우스가 식탁 주변의 사람들에게 많은 이야기를 들려준 적이 있었다. 이때 모인 사람 전부가 그의 영리함과 탁월한 비판력에 놀라움을 금치 못했다.

그렇다! 무상함과 명성, 명예의 무가치에 대해 상세하게 말했던 것이다. 자신의 견해를 많은 역사적 예들을 들어 가며 제시하는 그는 광대 옷을 입은 철학자였던 것이다.

13장

이 일 때문에 사령관의 식탁에 모인 손님들이 나에 대해 여러 가지 판단을 했다. 서기관은 사람들이 날 바보로 여기고 있다고 생각했다. 왜냐하면 내가 나 스스로를 지각 있는 동물이라 여기고 있고, 또 그렇게 행동하기 때문이다. 머리가 좀 이상한데도 스스로를 특별히 영리하다고 생각하는 사람들이 극단적이고 유별난 바보들이기 때문이다. 다른 사람들은 내가 송아지라는 나의 상상력을 없애 버리거나 내가 다시 인간이 될 수 있다고 나를 확신시키면 내가 아주 이성적으로 또는 재치 있게 행동할 수 있다고 말했다.

사령관 자신은 말하기를, "나는 그를 바보로 생각하네. 왜냐하면 그가 모두에게 진실을 아무 거리낌 없이 말하고 있기 때문이지. 그뿐만 아니라 그 녀석이 대화를 그런 식으로 하기 때문에 어떤 바보 축에도 끼지 못하네." 그들은 이런 말을 내가 이해하지 못하도록 모두 라틴어로 말했다.

사령관은 내게 인간이었을 때 공부를 했는지 물었다. "공부가 무엇인지 몰라요." 이게 내 대답이었다. "하지만 사령관님." 나는 계속 말했다. "말해 주세요 공부가 어떤 물건인지 잘 모릅니다. 그걸 가지고 공부를 하는 것입니까? 그것은 볼링[31] 칠 때의 볼링공과 비슷한 것입니까?" 이 말에 바보 같은 사관생 한 명이 소리 질렀다. "이놈을 어떻게 해야 하냐? 이놈 몸에 악마가 있어. 사탄이 이놈을 통해 말하고 있어." 이런 일들은 사령관이 내게 질문을 해 볼 빌미를 주었다. 내가 이전에 다른 사람들과 같았을 때 기도를 하곤 했는지, 그리고 하늘의 것들을 믿는지 물었다. "물론이죠. 나는 죽지 않는 영혼을 소유하고 있으며, 사령관님도 쉽게 생각할 수 있듯이 이 영혼이 지옥으로 가지 않기를 간절히 바라고 있습니다. 왜냐하면 특별히 나에게 벌써 나쁜 일이 생겨나고 있기 때문이죠. 네부카드네자르[32]가 그랬던 것처럼 내 모습도 변했을 뿐입니다. 그리고 언젠가 다시 인간이 될 것입니다."

"자네가 그렇게 되기를 바라네." 사령관은 꽤 깊은 한숨을 쉬며 말했다. 이 한숨에서 그가 나를 바보로 변장시킨 일을 후회하고 있다는 것을 어렵지 않게 생각해 볼 수

31) 볼링 : 독일식 볼링(das Kegelspiel). 구주희(九柱戲). 공을 굴려 세워 놓은 아홉 개의 핀(pin)을 쓰러뜨리는 실내경기. 현대 볼링의 전신으로, 11세기 무렵에 독일의 교회에서 시작되었다.

32) 네부카드네자르(Nebukadnezar) : 한글 성경에는 바빌론 왕 느부갓네살(재위 BC 604~561)이라는 이름으로 등장한다. 구약성경 다니엘서 4장에 그가 황소로 변하는 이야기가 있다.

가 있었다. 그가 계속 말했다. “그런데 어떻게 기도하는지 한번 들려주겠나?” 이 말에 나는 무릎을 꿇고 눈을 치켜뜨고 손을 은둔자가 하던 것처럼 하늘로 향해 들었다. 눈치로 살피니 사령관이 마음에 와 닿은 것을 나는 알아차렸고, 나도 눈물을 주체할 수 없었다. 정말 겉보기에 나는 아주 경건하게 주기도문을 외웠고, 모든 기독교적 관심사, 내 친구와 적들을 위해, 그리고 하나님께서 이런 시간에 내가 품위 있게 살면서 그를 찬양하도록 허락해 주신 것에 대해 기도했다. 나의 은둔자가 묵상하며 작성한 그런 기도를 배운 대로 했다. 이에 구경꾼들도 마음이 녹아 거의 다 눈물을 흘리기 시작했다. 그들은 내 고통에 공감했고, 당연히 사령관의 눈에도 눈물이 고였다.

짐플리치우스의 이런 기이한 행동에 사령관은 걱정하기 시작했다. 그를 광대로 한번 변장시켜 본 것이 큰 죄라고 생각했다. 사령관이 신뢰하는 목사는 사람들이 짐플리치우스를 송아지라고 착각하는 것을 고칠 수 있다고 사령관을 확신시키는 데 드디어 성공했다. 짐플리치우스도 이 사실을 목사를 통해 알았다.

14장부터 19장까지

하지만 사람으로 되돌아가기 전 짐플리치우스는 떠돌아다니는 크로아티아 용병들에게 유인되었다.

여기서 도망친 후에는 황제 휘하의 부대가 그를 붙잡아 마그데부르크 진영으로 데려갔다. 다시 광대로 연대장 밑에서 일하게 되었다. 얼마 후 짐플리치우스는 궁내대신의 경비원으로 일하게 되었다.

내 마음에 든 그 대신은 조용하고, 이성적이고, 공부를 했으며 마음씨까지 좋았다. 쓸데없는 말은 하지 않았다. 높은 자리에 있으나 경건했으며 학문과 예술에 정통했다.

매일 밤 나는 그의 곁에서 자야만 했고, 낮에는 그에게서 눈을 떼지 않아야 했다. 그는 탁월한 영주 감독관이자 공무원이었다. 그는 한때 부자였지만 스웨덴 군인들에게 재산을 전부 약탈당했다. 설상가상으로 부인은 죽었고, 하나밖에 없는 아들은 가난 때문에 더 이상 공부를 시킬 수 없어 작센 선제후의 군대 중대 서기가 되었다. 엘베 강변의 이 위험한 전쟁이 끝나고 나서 그전의 행복한 태양이 다시 비칠 때까지 그는 견뎌 내기 위해 이 연대장직을 맡았으며 승마 교관으로도 근무하고 있었다.

20장

내가 모시는 이 궁내대신은 젊은 대신보다 나이가 많았다. 그래서인지 그는 밤에 잠을 잘 자지 못했다. 또 다른 이유는 내가 도착한 첫 주에 나에 관한 편지를 받았는데, 내 상태로 보아 바보가 아님을 아주 잘 알고 있었기 때문이다. 궁내대신은 그전에 무언가를 가끔 알아차렸고 내 외모로 보아 무언가가 다르다는 것을 눈치챘다. 왜냐하면 그는 관상을 볼 줄 알았기 때문이다.

나는 한번은 한밤중에 잠에서 깨어 내 자신의 삶과 기이한 사건들에 대해 여러 가지 생각을 했다. 나는 일어나 앉아서 하나님이 내게 보이신 모든 선한 것에, 그리고 그가 나를 모든 위험에서 구해 주심에 대해 감사 기도를 드렸다. 그러고 나서 무거운 한숨을 쉬며 나는 다시 잠들었다. 궁내대신은 이 모든 것을 다 들었다. 하지만 그는 마치 깊이 잠든 척했다. 이런 일이 며칠 밤 연달아 일어났다. 그래서 그는 자만하는 나이 든 몇몇 사람들보다 내 이해력이 더 높을 것이라고 확신했다. 그러나 그는 천막 안에서는 나와 아무 이야기도 하지 않았다. 왜냐하면 그는 천막의 벽이 아주 얇다고 생각했고, 그가 내 무죄를 확신하기 전에 누군가가 비밀을 알게 될 빌미를 제공하지 않기 위해서였다.

한번은 내가 대화를 할 수 있는 기회가 생기도록 진영 뒤로 산책을 가서, 그가 나를 찾도록 만들었다. 이리하여 그는 나와 단둘이 이야기할 기회를 잡았다. 그는 호젓한 장소를 하나 찾아내어 그곳에서 얘기를 하도록 했다. "자네를 위한 최선책을 찾기 위해, 여기서 나와 단둘이 이야기하면 좋겠네. 나는 그대가 보이는 그대로 광대가 아님을 알고 있네. 게다가 이 처량하고 굴욕적인 위치에서 더 이상 살고 싶어 하지 않는다는 것도 알아. 만약 자네의 사정이 나아지기를 바라고, 또한 진실한 남자로서 자네가 내게 신뢰를 보여 주고자 한다면, 자네의 사정과 자네의 삶에 어떤 일이 일어났는지 말해 주게. 그러면 나는 자네에게 도움이 될 만한 충고를 해 주고 이 일에 관여하여 자네의 광대 옷을 벗길 수 있을지도 모르겠네."

이 말에 나는 그의 목을 껴안았다. 마치 그가 나를 광대직에서 해방시켜 줄 선지자라도 되는 듯해서 정말 기뻤다. 우리는 바닥에 앉았고 그에게 내가 살아온 모든 생활을 이야기했다. 그는 내 손금을 살펴보고 과거의, 그리고 앞으로 올 기이한 사건들, 두 가지에 대해 놀랐다. 그러나 그는 내가 감옥에 갈 운명이고, 육신과 삶이 위협에 처하게 될 사실에 대해서는 철저히 입을 봉했다. 나는 그가 내게 베푸는 호감과 조언에 감사드렸고, 그의 신실함을 주님께서 갚아 주시도록 기도드렸다. 온 세상에서 버림받은 것 같은 나에게 그가 내 진실한 친구이자 아버지가 되어 주시기를 부탁드렸다.

이런 일이 있은 후 우리는 일어나서 놀이터로 갔다. 그곳에서 사람들이 주사위 노름을 하고 있었다. 놀이터 광장은 대략 쾰른[33]의 재래시장 터보다 더 넓었고, 곳곳에 외투가 널려 있고, 게임을 하는 사람들을 에워싸고 책상들이 놓여 있었다. 모여 있는 무리는 그들의 행운을 맡기는, 뼈로 만든 삼각과 사각 주사위를 가지고 있었다. 그들은 주사위에 돈을 걸었고 어떤 사람은 주사위에 건 돈을 냈고 다른 사람은 돈을 집어 갔다. 이런 식으로 각자의 외투 내지 책상 같은 잡동사니(노름을 말한다)를 하나씩 가지고 있었다. 놓인 책상과 바닥의 외투는 판결을 보는 관청 격으로, 어떠한 부정행위도 생기지 않도록 감시해야 한다. 사람들은 또 외투와 책상 · 주사위를 빌리기도 했다. 이긴 팀이 돈을 가지기에 그들은 으레 대부분의 돈을 덥석 물게 된다. 하지만 이겨도 소용이 없다. 이기면 그들은 보통 다시 노름을 하게 된다. 그들이 아마 돈을 많이 따도 부대의 상인이 그것을 갈취하거나 그들의 목숨을 종종 폭력적으

33) 쾰른(Köln) : 독일 중부 라인 강변의 도시.

로 위협하는 하급 관리가 가져가 버린다.

이런 어리석은 사람들에게 아연실색할 것이다. 왜냐면 이들 모두가 실제로는 불가능한데도 돈을 딸 것이라고 생각하고 있기 때문이다. 그들은 마치 타인의 지갑을 대신 가지고 있는 것 같았다. 그리고 그들은 모두 이런 희망을 품고서 머리를 많이 쓰고 생각도 많이 한다. 그들 중 어떤 사람들은 적중하여 돈을 따고, 또 다른 사람들은 잃는다. 그래서 어떤 사람은 도망가기도 하고, 또 다른 사람은 소리를 지르기도 하고, 또 어떤 사람은 사기를 친다. 그리고 판을 깨는 사람들도 있다. 그렇기 때문에 돈을 딴 사람은 웃고, 실수한 사람은 이를 깨문다. 그들 중 일부는 옷을 팔거나 애장품을 돈과 맞바꾸기도 한다. 그러나 다른 사람이 그들에게서 다시 돈을 딴다. 몇 사람은 공정한 주사위 노름을 하자고 하고, 다른 몇 사람은 주사위를 바닥에 다르게 놓아 눈치 못 채게 한다. 이렇게 모든 노름에는 사기, 속임수, 거짓말이 난무한다.

내가 서서 그들의 미친 짓거리 같은 모든 놀이를 관찰하고 있을 때, 궁내대신은 이런 놀이가 어떤지 내게 물었다. "사람들이 엄청나게 하나님을 모독하네요. 마음에 들지 않아요. 그리고 내가 잘 모르는 일에 대해서 가치가 있다 없다 말하지 않을래요. 이것에 대해 아는 바가 전혀 없어요"라고 나는 대답했다. 이에 궁내대신이 계속 말했다.

"이 모든 괘씸하고 소름 끼치는 것들이 이 진영에서 일어나고 있는 일들이네. 이곳에서 사람들이 다른 사람의 돈을 가지려고 하다가 그들의 것을 잃게 되지. 누군가 노름을 하려고 여기에 한 발 들여놓는다면, 그는 이미 십계명을 어긴 것이네. 즉 '네 이웃의 물건을 탐내지 말라!'라는. 노름판에서 노름하는 자는 돈뿐 아니라 그의 몸, 인성, 그렇지, 모든 흉측한 것, 게다가 영적 축복까지 잃을 수 있는 위험에 처하게 되네. 짐플리치, 이 놀이가 낯설다고 말했지? 그렇기 때문에 자네의 모든 삶을 오래드록 여기서부터 보호해야 되겠기에 나는 이런 것들을 자네에게 알려 주고 있네." […]

21장

짐플리치우스는 바보 역할을 계속했다. 궁내대신은 자기 생도에 대해 알고 있는 것을 함구했다. 연대장의 서기관에 대해서도 말해야 하는데, 그는 짐플리치우스에게 진영의 여러 가지 부정에 대해 이야기해 주었고, 그는 이런 짓에 짐플리치우스의 어리석음을 자주 악용했다.

궁내대신은 나와 단둘이 있을 때, 내게 다른 이야기를 많이 해 주었다. 또한 그는 내가 이전에 말한 적이 있는, 쿠어작센[34] 군대의 중대 서기이자 내 연대장의 서기보다 더 능력 있는 그의 아들을 소개해 주었다. 그의 이름도 자기 아버지와 같은 울리히 헤르츠브루더였다. 이 중대 서기와 나는 영원한 형제애를 맺기로 하고 친구가 되었다. 우리들은 행복할 때나 불행할 때, 좋을 때나 나쁠 때 결코 서로 떠나지 않기로 했다. 자기 아버지를 통해 내 상황을 알고 있기 때문에 우리의 동맹은 더욱더 단단해지고 결속되었다.

34) 쿠어작센(Kursachsen) : 작센 선제후령. 오늘날의 독일 튀링엔 주와 바이에른 주 북부 지역에 해당된다.

이런 일이 있은 후 내 광대 변장이 명예롭게 벗겨지고 정상적으로 근무하게 될 것을 우리가 바라고 있는 것보다 더 힘든 것은 아무것도 없었다. 내가 직접 아버지로 모시고 있는 헤르츠브루더는 이것을 허락하지 않으면서 강조해 말했다. 내가 만약 즉시 내 위치를 바꾸게 되면, 내게 더 무거운 감옥행이 선고되고 신변의 위협이 더 커질 수 있다고 했다. 그리고 그와 그의 아들까지도 큰 조롱을 받을 것이 예상되기 때문에 더욱더 조심하면서 더 보호받고 살기 위해 아예 원인 제공을 하지 않으려고 했다. 앞으로 올 위험이 눈앞에 보일 만큼 큰 문제가 될 것 같아, 그는 사적으로 이 일을 끌어들이지 않으려 했다. 내가 진짜의 나를 공개했을 때, 그다음에 올 앞으로의 내 불행이 극히 일부분에 그치기를 그는 원할 뿐이었다. 왜냐하면 그는 이미 오래전에 내 비밀을 알았기 때문이었다. 나를 철저히 알고 있는 그는 내 상태를 연대장에게 보고하지 않았다.

얼마 후 나는 연대장의 비서가 새로운 내 형제를 아주 부러워하고 있음을 눈치챘다. 요사이 연대장은 내 형제를 비서관 자리에 등용시키려고 힘쓰고 있었다. 비서도 그 사실을 알았다. 그래서 그는 요즈음 이 일로 무척 짜증 내고 있으며, 질투가 얼마나 그를 괴롭히고 있는지를 다 말할 수 있다.

그는 아버지 헤르츠브루더와 아들 헤르츠브루더를 볼

때마다 무거운 생각으로 매 순간 한숨을 쉰다. 이것으로 나는 판단해 보는데, 틀림없이 그가 아들 헤르츠브루더에게 시비를 걸어 불의의 사건을 만들려는 계획을 하고 있다는 생각이 들었다.

의리와 의무감에서, 이 유다 같은 사람[35]에 대해 어느 정도 예견이라도 할 수 있도록 하려고 나는 마음에 품은 생각을 내 형제에게 말했다. 하지만 그는 가볍게 어깨를 으쓱하며 받아들였다. 이유는 그가 비서를 펜이나 검으로도 충분히 이길 수 있기 때문이었다. 게다가 그는 연대장으로부터 대단한 은총과 은혜를 받고 있었기 때문이기도 했다.

35) 성경의 유다에 비유했다. 유다는 예수의 제자였다가 배반했다.

22장부터 25장까지

올리비에라는 이 비서는 수많은 책략을 부려 헤르츠브루더를 도둑으로 몰았다. 헤르츠브루더는 상관의 은총을 잃고 떠나야 했다. 그는 스웨덴 군대로 갔다. 아버지 헤르츠브루더도 세상을 떠났을 때, 짐플리치우스는 진영에서 하나밖에 없는 친구를 잃은 것이다. 그는 여전히 광대 변장을 한 채 시달렸으며 진영에서 더 이상 참을 수가 없었다.

그의 처지를 바꾸어 보려는 시도는 별무소득이었다. 궁하면 통하는 것인지 그의 광대 옷은 여성 복색으로 바뀌어, 황제 휘하의 부대에서 지내게 되었다. 그의 새로운 분장이 늘 좋은 것은 아니었다. 남자들이 그를 따라왔다.

26장

그를 쫓아오는 사람을 더 이상 단순히 말로써는 막을 수 없었고 그의 변장이 벗겨졌을 때, 그는 변장한 간첩이라는 혐의를 쓰게 되어 감옥으로 보내졌다. 그는 그곳의 악랄한 군사재판장에게 심문을 받기 시작했다.

내가 대답해야 할 항목은 다음과 같았다.

첫째, 내가 공부를 했는지, 아니면 적어도 쓰기와 읽기를 할 줄 아는지.

둘째, 왜 내가 이런 바보의 모습으로 마그데부르크의 진영으로 접근해 왔는지, 내가 기사 근무병이기에는 너무 우습지 않은지.

셋째, 무슨 이유로 여자 옷으로 위장했는지.

넷째, 이런 마녀의 모습 외에도 내가 악령과 교접하고 있지는 않은지.

다섯째, 조국은 어디이며, 부모는 누구인지.

여섯째, 내가 마그데부르크 진영으로 오기 전에는 어디에 있었는지.

일곱째, 마지막으로 세탁, 빵 굽기, 요리 등 여자 일을 배웠는지, 그 밖에 라우테[36] 연주를 할 수 있는지.

이 질문들에 나는 내가 살아온 삶 전체를 다 이야기하

려 했다. 나의 기이한 사건의 상황을 제대로 해명하여 질문자가 나를 잘 판단할 수 있도록 하기 위해서다. 그러나 군사재판장은 여기에 호기심이 많지 않았고 오히려 행군을 한 탓인지 피곤해했고 짜증을 내었다. 그는 질문에 짧고 간단한 대답만 요구했다. 그래서 나는 다음과 같이, 즉 근본적으로 맞지 않는 대답을 했다.

첫째 질문에 나는 공부를 하지 않았으나 독일어를 읽고 쓸 줄 안다고 대답했다.

둘째 질문에 내게 다른 옷이 없었기 때문에 광대 옷을 입을 수밖에 없었다고 답했다.

셋째 질문에 내 광대 옷에 싫증 났고 남자 옷이 없었기 때문이라고 답했다.

넷째 질문에 내 의지와는 다르게 진행되었고, 마술은 할 수 없다고 답했다.

다섯째 질문에 조국은 슈페사르트이며, 부모는 농부들이라 대답했다.

여섯째 질문에 하나우의 사령관 곁에서 지냈고 크로아티아 군단에도 있었다고 대답했다.

일곱째 질문에는 크로아티아 사람들에게서 본의 아니

36) 라우테(Laute) : 만돌린과 유사한 현악기. 스페인에서 전파되어 10세기경 전 유럽으로 퍼졌다.

게 세탁 · 제빵 · 요리를 배워야만 했으며, 하나우에서는 내가 관심이 있어 라우테 연주를 배웠다고 했다.

내 대답이 기재되자 그는 말했다. "공부하지 않았다고 거짓말을 하는군. 광대 행세를 하면서 당신은 미사 중에 성직자들이 하는 말 '도미네, 논 숨 디그누스'37)에 라틴어로 대답했지. 그렇게 대답할 필요는 없지 않은가. 이미 다들 잘 알고 있는데?" "나리." 나는 대답했다. "예전에 다른 사람들이 나에게 가르쳐 주며 이해시켜 주었는데, 그것은 기도문으로 우리 성직자가 예배를 진행할 때 하는 말이라고 했습니다." 재판장은 "그렇지 그래"라고 말하면서, "나는 당신을 법 앞에서 고문으로 해결해야 한다고 본다"라고 덧붙였다.

나는 속으로 말했다. '하나님, 이것이 당신의 기묘한 뜻이라면, 저를 도와주소서!'

다음 날 아침 최고재판관은 사형집행인에게 나를 감시하라고 명령했다. 그는 군대 취침 시간에 나를 심문해야

37) "Domine, non sum dignus ut intres sub tectum meum, sed tantum dic verbum, et sanabitur anima mea(주께서 제 집에 들어오시기에는 제가 너무 비천하오니 말씀만 하소서, 그러면 제가 나으리이다.)."

'Domine, non sum dignus'는 '주여 저는 비천한 자입니다'라는 뜻(성경 누가복음 7장 7절 참조).

하며 경우에 따라서는 당연히 고문도 가하기로 마음먹었다.

27장

짐플리치우스는 한 번 더 최고재판관에게 심문받았다. 재판관은 그가 간첩임이 틀림없으니, 우선 그를 고문한 다음 장작더미 위에서 화형에 처해야 한다는 판결을 내렸다.

하지만 이 엄격한 재판을 실행하기 전에 바네르 부대[38]가 우리 진영으로 쳐들어와 머리털 휘날리며 싸웠다. 처음에는 양쪽 군대가 유리한 고지를 차지하려고 싸웠다. 하지만 곧 수비가 어려워져 우리 편 사람들을 잃었다. 연대 형리들은 자기 편 사람들과 포로들을 싸움터에서 꽤 멀리 떨어진 뒤편에서 보호했으나, 그럼에도 우리들은 우리 여단과 아주 가까이 있어 뒤편에 있는 각 사람들을 옷을 보고 알아볼 수 있었다.

스웨덴 기병이 우리를 덮쳤을 때, 전투 중인 군인들과 마찬가지로 우리의 목숨도 위험해졌다. 이때 갑자기 우리 위로 총알들이 바람을 타고 소리를 내며 날아가고 있어 우

38) 바네르 부대 : 스웨덴 장군인 요한 바네르(1593~1641)의 군대.

리에게 사격이 가해지고 있다고 생각될 정도였다. 이 파괴적인 바람의 위력 때문에 공포가 마치 우리 속에 도사리고 있기나 하듯 사람을 움츠러들게 했다. 용기 있는 사람, 농담 잘하는 사람이라도 그와 같은 상황을 거의치 않고 지나갈 수는 없을 것이다. 모두가 맞은편 사람들을 닥치는 대로 죽이면서 자신들을 죽음에서 지키고자 했다. 소름 끼치는 총소리, 갑옷이 덜거덕거리는 소리, 창이 우지끈 부서지는 소리와 부상자와 공격자의 고함 소리는 트럼펫 · 북 · 호각 소리와 함께 전율스러운 음악을 만들어 냈다! 이때 보이는 것은 짙은 연기와 먼지밖에 없었는데, 이것들은 부상자와 무시무시하게 널브러진 시체들을 덮어 버리는 것 같았다. 이곳에서는 고통으로 죽어 가는 자의 한탄스러운 하소연이 들렸고, 용기를 북돋우고자 아직 외쳐 주는 고함 소리가 오히려 우스웠다. 말들도 마치 자기들 주인을 방어해 주기 위해 시간이 오래 지날수록 더 원기 충만한 것처럼 보였다. 이렇게 말들은 해내야 할 의무감으로 더 격정적인 모습을 보여 주고 있었다. 나머지 말들도 충실함에 대한 복수를 당하기라도 하듯 벌 받을 까닭도 없이 기사들 위로 쓰러지기도 했다. 그들은 죽음으로 명예를 얻었다. 그 외에 또 다른 말들은 명령을 받드는 부담에서 벗어나, 흥분으로 포효하면서 사람들을 떠나 도망친 후 비로소 드넓은 들에서 자유를 찾았다.

그전에도 시체들이 덮였던 이 땅 위로 별의별 모양의 시체가 온통 뒤덮였다. 잘려 나간 머리가 여기저기에 뒹굴었다. 그래서 몸통에는 머리가 없었다. 잘린 팔에 달린 손가락이 여전히 움직이다가 곧 멈추어 버렸다. 아직 피를 흘리지 않은 하인 녀석들은 도망쳤다. 저곳에는 절단된 허벅다리들이 마치 육체의 짐을 벗어 버린 듯 놓여 있지만, 그래도 전보다 더 힘들어진 것 같았다. 불구가 된 군인들은 죽고 싶어 했고, 반대로 다른 군인들은 그들의 목숨을 구해 줄 은총과 보호를 빌었다. 말하자면 처참하고 비참한 광경뿐이었다!

스웨덴 승리자들은 빠르게 추격해 이들을 완전히 흩뜨려 미리 분리시킨 다음, 살아남은 우리를 그토록 불행하게 싸웠던 장소로 내몰았다. 이 상황에서 내 형리는 우리 포로들을 데리고 도주하고자 우리를 죽이겠다고 위협까지 했다. 형리와 함께 우리가 이곳을 빠져나가려는 사이 젊은 헤르츠브루더가 아직 남은 말 다섯 마리를 가지고 형리를 붙잡았다. 그리고 권총으로 그에게 인사를 건넸다. "봐라, 이 늙은 개야. 강아지들을 죽일 시간이 아직 있느냐? 네가 한 짓을 갚아 주겠다!" 하지만 총알은 마치 강철모루와도 같은 형리를 거의 다치게 하지 않았다. "오, 끈질긴 놈 봐라?" 헤르츠브루더는 말했다. "나는 너를 헛되이 죽이지는 않을 것이다. 너는 죽고 네 영혼은 곧 살아날 거다!" 이 말에 형리는 근위병을 자기 곁에 세워 지키도록 명했다. 그러나 근위병은 자기가 살고 싶어 도끼로 그를 쳐 죽였다. 그렇다. 형리는 자신의 대가를 치렀다.

헤르츠브루더가 나를 알아봤다. 그는 내 쇠사슬과 허리띠를 풀어 주고 나를 말에 태웠다. 그리고 그의 하인에게 나를 안전한 곳으로 데리고 가게 했다.

28장

짐플리치우스는 운 좋게 구출되었지만, 헤르츠브루더는 전투가 끝날 무렵 잡혔다. 짐플리치우스는 헤르츠브루더의 하인과 말들을 가지고 스웨덴 기병 훈련 장교를 찾아갔다. 그 장교와 함께 그는 흉갑기병이자 마부가 되어 베스트팔렌으로 갔다. 하지만 곧 상관이 다시 바뀌었다. 황제 휘하의 용기병이 습격해서 그를 포로로 붙잡았던 것이다.

29장

새로운 상관은 정말 인색한 사람이라, 짐플리치우스의 배고픈 삶이 시작되었다. 이 생활은 그와 상관이 함께 군사수비대로 한 수녀원에 보내질 때까지 계속되었다. '파라다이스'라는 아름다운 이름을 가진 수녀원에서 짐플리치우스는 다시 소생했다.

우리가 원하는 대로, 그리고 그 이상을 '파라다이스'가 다 해 주었다. 천사 대신에 그곳에 있는 아름다운 처녀들이 우리에게 음식과 음료를 대접했다. 나는 곧 반듯한 콩꼬투리를 다시 받았다. 그다음은 진한 맥주, 베스트팔렌의 가장 좋은 햄과 소시지에, 소금물로 요리하거나 차게 해서 먹곤 하는 맛 좋은 고급 쇠고기도 먹었다. 이때 나는 손가락 두께의 검은 빵에다 버터를 발라 치즈를 얹어 먹으면 목에 잘 넘어간다는 걸 배웠다. 그리고 마늘을 발라 구운 양 다리와 질 좋은 맥주 한 잔을 곁들이면 몸과 영혼이 상쾌해지면서 내가 견뎌 낸 모든 고통을 잊게 해 주었다. 전체적으로 이 '파라다이스'는 정말 내가 제대로 온 좋은 곳이었다. 그러나 이곳이 영원한 곳이라는 보증은 없었다. 그리고 나는 앞으로 더 별 볼일 없으리라고 알고 있는 것 외에는 다른 관심사가 없었다.

곧 한 무더기의 불행이 나를 엄습했다. 이곳을 개간하기 시작한다는 것이었다. 그래서 지금의 행복이 다시 나와 내기를 하려 한다고 생각했다.

상관은 자기 짐을 안전하게 가져오도록 나를 조스트로 보냈다. 도중에 나는 소포 하나를 찾았다. 그 속에는 붉은 비로드로 안감을 넣은 외투와 몇 벌의 붉은 양모가 들어 있었다. 옷을 해 입고 싶은 나는 이것을 가로채어 조스트의 옷감 장사에게 일반 녹색 모직과 바꾸었다. 상인에게 그 천으로 옷을 만들게 했고 새 모자 제작을 맡기는 계약서도 썼다. 그다음 새 구두 몇 켤레와 셔츠도 필요해 은단추와 외투에 달린 장식 끈을 소매상에게 주어, 제값에 맞추어 내게 필요한 것을 만들도록 했다. 나는 멋쟁이로 변신하고 싶었다.

내가 다시 '파라다이스'의 상관에게 돌아왔을 때, 그는 보관한 물건을 내가 가져오지 않아 배가 부르르 끓도록 성질을 냈다. 당연히 그는 나를 매질하겠다고 위협했다. 나는 어쨌든 이 일을 잘 협상해 마무리가 됐다고 생각했는데, 그는 내 옷을 벗겨 자신이 입겠다고 했다.

이 시골뜨기 상관은 어린 부하가 자기보다 옷을 더 잘 입어 창피했나 보다. 그래서 이 상관은 보초 근무 주급으로 메우기로 약속하고 그의 대위에게 돈을 꾸어 조스트로 가서 최상품을 구입했다. 그에게 아직 돈이 많이 남아 있지만 그는 교활하게 사기 치는 데 아주 익숙했다. 그래서 그는 거짓말로 그해 겨울에 '파라다이스'에 놔둔 곰 가죽이 없어졌는데, 어떤 헐벗은 하인 녀석이 그 대신에 입었을지 모르겠다고 말했다. 이렇게 말했으니 대위는 틀림없이 그를 잘 배려해 줄 것이다. 그러나 대위는 생각과는 달리 빌린 돈을 다시 갚으라고 했다.

이즈음 우리는 세상에서 가장 게으른 생활을 하고 있었다. 볼링 놀이가 큰일이 되었다. 나는 내 기병의 말을 빗질하고, 먹이 주고, 물 먹이는 일을 하면서 편하게 살았고 산책도 갔다. 수도원은 리프슈타트[39] 쪽에서 보면 우리의 반대편인 헤센 주에 있었고, 한 소총병이 성스럽게 지키고 있었다. 이 병정은 모피 제조 수공업자이자 가수일 뿐 아니라 우수한 검투사였다. 그는 자기 기술을 잊지 않으려고 매일 오랜 시간 연습한 무기를 가지고 급히 연습한 나와 겨루었다. 나도 지지 않으려고 그가 원할 때마다 응했다. 내 용기병은 그와 싸우는 대신 볼링을 했고, 대부분 식탁 위에 있는 맥주를 마시는 것 외에 달리 할 것이 없었다. 이렇게 우리 모두는 수도원에 큰 손해를 끼치고 있었다.

수도원은 울타리를 만들고 싶어 했고, 수도원에 소속

39) 리프슈타트(Lippstadt) : 독일 베스트팔렌 주 리페 강가의 도시.

된 사냥꾼을 고용하기를 원했다. 내가 녹색 옷을 입고 있었기 때문에 수도원의 사냥꾼과 한패가 되어, 가을과 겨울에 사냥꾼에게서 그가 가진 모든 기술, 특히 소규모 수렵 기술을 배웠다. 이런 이유 때문에, 그리고 짐플리치우스라는 내 이름이 좀 색달라서인지 대부분의 사람들이 잊어버리거나 또는 발음하기가 어려워 모두 나를 "꼬마 사냥꾼"이라 불렀다. 나는 사냥꾼으로 사방에 알려졌고, 나는 이 점을 잘 이용했다. […]

30장

상관이 죽자 짐플리치우스는 먼저 상관의 바지를, 상당한 액수의 두카텐[40]을 주고 바느질을 맡겨 고쳐 입었다. 그 돈으로 그는 더 잘 차려입게 되었다. 녹색 옷을 입고 소위 사냥꾼이란 정식 이름을 명예롭게 얻게 되었다. 특히 약탈 행군에서 두각을 나타내어 조스트에 있는 부대의 동료들과 장교들은 그를 높이 평가하게 되었지만, 반대로 근처의 농부들은 무서워했다.

40) 두카텐(Dukaten) : 금화 이름. 유럽에서 13~20세기에 사용했다.

31장

내가 다시 경기병에서 여기까지 오기 전 겪었던 이런 저런 일 등 몇 가지를 이야기해 주어야겠다. 비록 그것들이 중요한 것은 아니지만 재미있을 수는 있다. 왜냐하면 나는 큰일들만 취급하는 것이 아니라 하찮은 것도 중시하기 때문이며 또한 이런 일로 사람들에게 명성을 얻을지도 모른다고 생각하기 때문이다.

대위가 남자 50여 명과 걸어서 레클린크후젠[41]의 요새로 가도록 명령을 내렸다. 이 계획을 수행하기 위해서, 그리고 우리가 이 일을 실행에 옮기기 전에 하루 혹은 며칠을 덤불 속에 몰래 숨어 있어야 한다고 생각해 각자 8일분의 군량을 챙겼다. 그다음이 문제였다. 일정한 시간에 우리를 경계하면서 지나가던 대상들이 제시간에 오지를 않아 훔칠 수도 없는데 식량은 바닥났다. 우리는 스스로 이 계획을 어기고 기도했던 바를 없던 일로 하고자 했다. 그리하여 배고픔이 우리들을 엄청나게 괴롭혔다. 이 근방도 다른 곳과 마찬가지로 나와 내 사람들에게 몰래 무엇을 공

41) 레클린크후젠(Recklinckhusen) : 독일 베스트팔렌 주의 도시.

급해 줄 지인들이 없었다. 우리가 목적을 이루지 못한 채 돌아오지 않으려면 식량을 구할 수단을 다시 생각해 봐야 했다.

라틴어를 공부하는 학생이었던 내 동료는 얼마 전 학교에서 도망쳐 혼자 힘으로 살고 있는데, 이 전에 그의 부모가 성의껏 만들어 주었던 보리죽을 생각하며 헛되이 한숨지었다. 그는 부모를 거역하고 집을 뛰쳐나온 것이다. 그는 전에 먹었던 음식과 또 그가 그렇게 좋아했던 학교 도시락도 생각했다. "아, 형제여" 하고 그가 내게 말하기를, "내가 여러 가지 기술을 공부하지 않는 것은 부끄러운 일이 아닌가. 그것을 수단으로 나는 지금 밥벌이도 할 수 있을 터인데. 형제여, 정말 좋은 음식이 있는 마을 목사 댁에 갈 수도 있다는 것을 나는 알고 있지!" 이 말에 나는 약간 화가 났고 우리의 상태를 생각해 봤다. 이 근처를 잘 알고 있을 우리 중 몇 사람은 알려져 있어 들킬 수 있기 때문에 외출이 허락되지 않았다. 이 지역을 모르는 다른 사람들은 어디서 무엇을 훔치며 물건을 살 수 있는지를 몰랐다. 그래서 나는 내 계획에 우리 학생을 끌어들이기로 했다. 이 일은 상당히 위험하지만 상관은 나를 믿었고, 우리 상황도 어쩔 수 없었기 때문에 동의했다.

나는 다른 사람과 옷을 바꾸어 입고 반시간 동안 거리를 이리저리 헤매며 학생과 함께 그가 말한 등네를 어슬렁

거렸다. 그 마을 교회 옆의 바로 다음 집이 아주 잘 지어져 있었고 정원을 둘러싼 담이 있는 걸 보아 목사관이라는 것을 알아봤다. 나는 동료에게 그가 어떻게 이야기해야 할지를 엄격하게 지시했다. 왜냐하면 그가 아직 낡은 교복을 입고 있었기 때문이다. 나는 장인 페인트공이 되기로 했다.

우리는 목사를 찾아갔다. 이 성직자는 예의 바른 사람이었다. 내 학생은 목사에게 라틴 식으로 정중하게 인사했고, 여행 중에 군인들에게 어떻게 모든 양식을 털렸는지에 대해 산더미만 한 거짓말을 늘어놓은 다음 목사에게 빵 한 조각과 버터와 맥주 한 모금을 청했다. 그는 나를 아는 사람이 아닌 것처럼 소개했다. 나도 여관에서 묵으려 했는데 이 사람이 도중에 나를 부르는 바람에 우리는 같은 날 길을 함께 오게 되었다고 말하였다.

그렇다. 나는 배고픔을 해결하기보다는 다음 날 저녁에 무엇을 가져올 수 있는지를 탐색하기 위해 여관에 갔던 것이다. 이날 밤 배를 채울 만한 것을 찾을 수 있는지 수시로 살피면서 여관으로 갔다. 운이 좋아, 가는 길에 커다란 호밀빵을 24시간 동안 굽기 위해 오븐에 넣고 있던 농부를 만났다. 일단 빵은 어디서 구할 수 있는지를 알아 놓았기 때문에 나는 여관에 잠시 머물면서 우선 중대장에게 갖다 줄 흰 빵 몇 개를 샀다.

내가 목사관에 왔을 때, 동료는 이제 돌아가야 한다고 경고했다. 그는 벌써 먹었으며, 목사에게 나는 페인트공이며 기술을 완벽하게 연마하고자 네덜란드로 갈 생각이라고 말했다는 것이다. 목사는 나를 아주 반기면서 자기와 함께 교회로 가자고 했다. 그곳에서 몇 군데 수리할 부분을 보여 주겠다고 했다. 이 장난을 망치지 않으려고 나는 따라갔다. 그가 안내할 때 우리는 부엌을 지나갔다. 목사가 열쇠로 부엌으로 통하는 단단한 참나무 문을 열었을 때, 이 무슨 기적인가! 그곳에서 나는 검은 하늘가에 콰우테 · 플루트 · 바이올린이 온통 검은 모습으로 달려 있는 것을 보았다. 이것들이 굴뚝 옆에 있는 햄, 소시지 그리고 베이컨 조각들이란 것을 나는 알았다. 위로받은 심정으로 이것들을 바라보았다. 마치 그것들이 내게 인사하는 것 같았다. 가지고 싶었지만 허사다. 내 동료는 숲에 있고 이것들은 고집스럽게 단단히 매달려 있었다. 이것들을 오븐에 가득 들어 있는 빵을 싸는 것처럼 그렇게 싸야 한다고 생각도 했지만 훔칠 생각은 쉽게 해낼 수가 없었다. 왜냐하면 목사관 뜰은 담이 쳐져 있고 모든 창문은 철 격자로 완전히 막혀 있었기 때문이다. 그리고 마당에는 무시무시한 큰 개 두 마리가 있다.

우리는 교회에 가서 그림들을 보며 여러 가지 의논을 하고 목사가 내게 고쳐야 할 몇 가지를 부탁하면서 나를 고용하고자 했다. 하지만 나는 여러 가지 방법으로 도망갈 궁리를 했고 내 편력을 꾸며대고 있었는데, 관리인과 종지기가 "이놈은 내가 보기에는 페인트공이라기보다 도망친 소년병 같아 보이는데요"라고 말해 나는 아주 머쓱해졌고 그들도 일 맡기는 것을 단념하려고 했다. 하지만 나는 고개를 약간 흔들며 말했다. "아, 이 사람아, 즉시 벤진과 페인트를 가져오너라. 내가 순식간에 자네와 꼭 닮은 광대 한 명을 그려 낼 것이다."

목사는 이 말에 재미있게 웃으며 두 사람에게 성스러운 장소에서 그런 말을 하는 것은 어울리지 않는다고 했다. 그는 우리가 서로를 신뢰하도록 화해시켰고, 우리에게 음료 한 잔을 주게 하고 자리를 떠났다. 내 마음은 딱딱 씹히는 소시지에 가 있었다.

밤이 되기 전 우리는 동료들이 있는 곳으로 왔다. 내가 다시 옷을 입고 무기를 쥐고서, 대위에게 내 계획을 보고했다. 그리고 빵을 가져오는 데 쓸모 있을 만한 6명을 골라 한밤중에 마을로 갔다. 우리들 중 한 명이 개에게 마법을 걸었기 때문에 아주 조용히 오븐에서 빵을 끄집어낼 수 있었다. 그리고 우리가 목사관 뜰을 지나치려 할 때, 나는 소시지를 가지지 않고서는 도저히 지나갈 수 없는 마음이었다. 나는 조용히 서서 목사의 부엌에 갈 수 있는지를 열심히 살펴보았다.

보아하니 굴뚝 외에는 다른 입구가 없었다. 이번에는 굴뚝이 문이 될 수밖에 없었다. 우리는 빵과 무기를 들고 교회 마당에 있는 납골당으로 갔고, 사다리와 밧줄을 창고에서 가져왔다. 나는 굴뚝 청소부처럼 굴뚝을 잘 오르락내리락할 수 있기 때문에 (어린 시절 높은 나무를 오르면서 배웠다) 높은 벽돌이 이중으로 놓였고 아주 안전하게 쌓인 지붕으로 올라갔다. 나는 내 긴 머리카락을 머리 위로 한데 올려 묶었고, 밧줄 끝에 몸을 묶어 사랑스러운 베이컨이 있는 쪽으로 가게 했다. 한쪽에는 햄을 묶었다. 그리고 잇달아 다른 쪽에는 베이컨 조각을 묶고 이것을 지붕에서 잘 정리한 후, 지붕 아래로 낚싯대를 드리우는 것처럼 해 납골당의 다른 쪽으로 옮기려 했다. 하지만 아하, 재수 없어! 내가 거의 일을 끝내고 다시 돌아보려 했을 때, 내 몸을 단 막대기가 부러졌다. 그래서 불쌍한 나는 아래로 떨어졌고 사냥꾼 스스로 생쥐 덫에 걸린 비참한 꼴이 되었다. 지붕 위의 동료는 밧줄을 내려 나를 다시 끌어올리고자 했다. 밧줄이 바닥에 있는 나를 끌어올리려 했지만 끊어졌다.

나는 생각했다. '자, 사냥꾼, 지금 너는 스스로 딜레마에 빠졌다. 악태온[42]처럼 살이 찢어질 것이다.' 목사는 내가 일으킨 사건에 잠이 깨어 자기 요리사에게 촛불을 켜라고 했다. 그녀는 셔츠를 입고 부엌에 있는 내 쪽으로 왔다.

그녀는 치마를 어깨에 걸친 채 나와 닿을 듯 내 곁에 가까이 서 있었다. 그녀는 불씨를 집고 불이 붙도록 불기 시작했다. 나는 그녀보다 더 강하게 불을 불었다. 이때 그 순한 인간은 너무 놀라서 불과 촛불을 떨어뜨리고 목사에게 갔다. 그래서 나는 숨 돌릴 수 있었고, 도움이 될 방법을 생각해 보았지만 아무 생각도 떠오르지 않았다. 내 동료들은 굴뚝 아래에 있는 나를 벽에 부딪치게 하더라도 눈에 뜨이지 않게 힘으로 들어 올리려고 했다.

나는 그들에게 아무 짓도 하지 말고 오히려 가진 총을 잘 지키라 하고, 슈프링스펠트 혼자만 위의 굴뚝 근처에 있게 했다. 우리의 계획이 허사가 되지 않도록 내가 잡음과 소동 없이 일을 계속하게 기다리라고 명령했다. 일이 계획대로 되지 않는다면 그때는 그들이 최선을 다해야 한다.

그러는 사이 목사가 불을 켰다. 요리사는 머리가 두 개인 (그녀는 아마 내 머리위의 머리다발을 보고 머리 앞에 또 머리가 있는 줄로 생각했나 보다) 무서운 유령이 부엌에 있다고 목사에게 설명했다. 이런 대화를 들은 나는 재와 석탄을 묻힌 더러운 손으로 얼굴과 손을 비볐다. 얼굴

42) 악태온(Aktäon) : 그리스신화에 나오는 청년. 아르테미스의 목욕하는 장면을 본 뒤 사슴으로 변해서 자신의 개에게 물려 죽었다.

과 손이 아주 무시무시하게 보여, 의심 없이 더 이상 천사는 아닌 그 무엇과 흡사했다. 그런데 교회 관리인이 이것을 보고 혹시 사라진 페인트공이 아닌가 했다.

나는 부엌에서 난동을 부리기 시작했다. 부엌 집기들을 마구 던졌다. 주전자가 내 손에 닿기에 주전자 목을 잡고 부젓가락을 손에 쥐어 만약의 경우 방어를 하고자 했다. 그런 것을 경건한 목사님이 잘못 볼 리 없었다. 그는 촛불 두 개를 손에 들고 성수통을 팔에 두르고 있는 자기 요리사에게 행진하듯이 걸어갔다. 그 자신은 긴 옷을 겸한 성가대 가운으로 무장하고 한 손에는 성수채를, 다른 손에는 책을 들고 있었다. 이것을 가지고 그는 내가 누구며 무엇을 하려는지 질문하면서 귀신 쫓는 흉내를 내기 시작했다.

목사 스스로가 이제 나를 악마로 생각하고 있기 때문에 나도 살기 위해 거짓말로 대답했다. "나는 마귀다. 당신과 그대 요리사의 목을 비틀 것이다!" 목사는 기도를 계속했고 내가 그와 요리사에게 아무 짓도 하지 못하도록 꾸짖었다. 그리고 여러 가지 기도문을 외우며 내가 왔던 곳으로 다시 되돌아가라고 명령을 내렸다.

그사이 라틴어를 이해 못하는 약삭빠른 놈 슈프링스펠트는 지붕에서 기이한 나쁜 장난을 생각해 내고 있었다. 내가 부엌에서 악마로 설정해 있고 목사도 나를 그렇게 여기고 있는 장면을 보고서 그는 부엉이처럼 소리 내고, 개처럼 짖고, 말처럼 울고, 산양처럼 소리 내고, 당나귀처럼 소리 질렀다. 그리고 곧 굴뚝을 향해 2월에 발정한 한 무리의 고양이 소리를 내고, 때로는 알을 낳으려는 닭처럼 울어 댔다. 그렇게 이 녀석은 모든 짐승 소리를 흉내 낼 수 있었다. 그는 하고자 한다면 그렇게 자연스럽게 마치 한 무리의 늑대가 서로 울부짖는 것처럼 울부짖을 수 있었다. 적어도 이것이 목사와 요리사를 무섭게 했다.

목사님으로 하여금 원래는 나 자신인 악마 앞에서 나를 꾸짖게 만든 데 양심이 찔렸다. 이런 공포가 우리 양쪽을 몰아치고 있는 와중에 운 좋게 나는 교회 마당으로 가는 문이 잠겨 있지 않고 빗장이 밀려서 열려 있음을 알아차렸다. 나는 재빨리 빗장을 뒤로 밀고 문을 지나 교회 마당으로 갔다(이곳에서 나를 야유하고 있는 닭들과 함께 서서 나를 기다리고 있는 동료들을 만났다). 목사는 그대로 악마를 계속 쫓고 있었는데, 나는 내버려 두었다. 슈프링스펠트는 지붕에서 내 모자를 챙겼고, 우리들은 식량을 실은 다음 진영으로 돌아왔다.

우리가 훔친 것에 전 부대가 즐거워했고 훔친 일부를 욕심내지는 않았다. 이렇게 우리들은 복이 많은 사람들이다! 또한 모두가 내 행동에 크게 웃었다. 그 학생만은 내가 목사의 것을 훔쳤다는 사실을 마음에 들어 하지 않았다. 그는 진지하게 만약 돈이 있으면 베이컨값을 기꺼이 지불하겠다고 맹세했다. 그럼에도 그는 마치 꾸어서 먹는 것처럼 함께 먹었다.

우리는 이틀 더 같은 장소에서 진 치고 오랫동안 잠복하고 기다렸다. 우리가 습격을 했을 때 우리 편에서는 아무도 없어지지 않았고 30명의 포로와 값비싼 노획물을 얻었다. 나는 맡은 바 임무를 잘 수행해 냈기 대문에 배급물자를 두 배로 받게 되었다. 물건을 가득 실은 힘 좋은 프리슬란트[43] 종마 세 마리를 받았다.

43) 프리슬란트(Vriesland) : 네덜란드 북해 연안 지방.

제3권

1장부터 2장까지

짐플리치우스는 '조스트의 사냥꾼'으로 유명해졌다. 무엇보다 그가 경쟁자 '베를레의 사냥꾼'이라 불리는 자를 들판에서 악마 유령으로 연출해서 충격을 준 이후로 그랬다.

"그 사냥꾼은 곧 베를레에서 사라져 버렸지. 그는 아주 창피해했고, 게다가 그의 동료들이 사방에 소문을 퍼뜨리고 다녔기 때문이야. 그리고 그는 내가 정말로 악마 두 마리를 데리고 다닌다는 악담을 하고 다녔어. 그래서 나는 더 공포의 대상이 되었고, 그럴수록 인기는 떨어졌지."

3장

이런 사실을 알게 된 나는 타락한 삶을 청산하고 덕과 경건을 쌓는 데 전념했다. 나는 그전처럼 다시 소속 부대로 돌아갔지만, 이제 친구들과 적에게 나를 아주 상냥하고 신중한 사람으로 보이게 했다. 그래서 내게 오는 모든 사람들은 듣던 것과 전혀 다르다고 믿게 되었다. 그 외에 나는 돈을 흥청망청 썼다. 여기저기서 돈을 모아 조스트 평원의 키 큰 나무 위에 상당한 액수의 두카텐과 재산을 숨겨 놓았다. 이유는 이 나라의 수비병보다 더 많은 인구가 사는 이 도시와 내가 속해 있는 연대의 사람들 중에 나와 내 돈을 추적하는 적들이 있다고 조스트의 유명한 점쟁이가 충고하면서 확신케 했기 때문이다. 그리고 이곳저곳의 신문에서 사냥꾼이 탈영했다는 것을 사람들이 읽고 있는 가운데, 나는 이 일로 기뻐하고 있는 사람들을 끈질기게 접근하여 괴롭혔다. 그리고 내가 다른 곳에서 이미 만행을 저질렀다는 사실을 어떤 지역이 알기 전에 항상 나를 예상하고 있도록 했다. 나는 돌풍처럼 근방 이곳저곳을 휩쓸며 돌아다녔기에, 사람들이 나를 잘 알고 있다고 자처했던 것보다 더 많은 이야기들이 퍼졌다.

나는 언제인가 25명의 소총병과 도르스텐[44]에서 멀지 않은 곳에 앉아 도르스텐으로 가야 할 몇 사람의 마부들과 함께 호송단을 지키고 있었다. 적과 가까이 있었기 때문에 나는 평소처럼 방패 수비를 하고 있었다. 이때 품위 있게 옷을 차려입은 한 남자가 이쪽으로 왔다. 그는 혼잣말하면서 손에 대롱을 쥐고 이상한 전투태세를 하고 있었다. 나는 그가 하는 말이 무슨 말인지 도무지 이해하지 못했다. "내가 한번은 이 세계를 벌할 것이다. 나 위대한 신은 인정할 수 없다!" 이렇게 말하는 것으로 추측해 보건대 신분을 숨긴 유력자 영주일 것이다. 그는 신하의 생활과 관습을 탐색했고 아마도 그들에게 만족하지 못하여 이제 그들을 처벌하기로 결정한 것 같았다. '적군이라면 좋은 몸값을 받겠는걸. 아니라면 그를 예의 바르게 대우해 그의 마음을 몰래 빼앗아 내 미래의 날을 잘되게 해야 한다'고 나는 생각했다. 그래서 나는 벌떡 일어나 받들어총을 하고 말했다. "이 사람이 그대를 적으로 나쁘게 다루지 않는 것은, 그대를 그대 좋을 대로 혼자서 계속 숲으로 가도록 허락한 것입니다."

이에 아주 진지하게 그 사람이 대답했다.

"이런 예우는 나 같은 사람에게 아주 낯설군요."

44) 도르스텐(Dorsten) : 독일 베스트팔렌 주의 도시.

나는 그를 계속 예의 바른 태도로 대해 감동시키며 말했다. "그대께서 이번 이 시점에 오신 것이 이 사람에게는 나쁘지 않습니다."

그렇게 말하고선 나는 그를 숲 속에 있는 내 사람들에게 데리고 갔다. 내가 다시 방패 보초를 섰을 때, 나는 그에게 누구신지 물었다. 그는 고매할 정도로까지 대답했는데, 내가 마치 그를 위대한 신으로 이미 알고 있다고 여긴 듯 이 질문에 꽤 거만하게 대답했다. 그 사람은 나를 알고 싶어 하는 것 같았다. 아마 나를 조스트의 귀족으로 알고 있을 거라고 나는 생각했다. 그가 나에 대해 그렇게 알고 나를 놀려 댔다. 왜냐하면 사람들이 조스트 사람들을 그들의 거대 신상과 금색 앞치마를 가지고 놀려 먹곤 하기 때문이었다.[45]

하지만 얼마 못 가 나는 속으로 내가 제후 대신 몽상가 한 명을 붙잡았다고 생각했다. 그 남자는 공부를 지나치게 많이 해 시문학에 너무 빠져들어 있었다. 주피터[46]로

45) 조스트 지방에 5개의 발을 가진 로마 시대의 은빛 그리스도 상이 있는데, 금색 앞치마를 두르고 있었다.
원전에는 이유가 구체적으로 명시되어 있지 않지만 아마 그리스도 상이 (여성 전용물인) 앞치마를 두르고 있어 사람들이 놀렸을 가능성이 있다.

46) 주피터(Jupiter) : 로마신화에서 신들의 왕. 그리스신화의 제우스.

자칭하고 있던 이 남자에게서 내 관심은 멀어졌다.

이 바보 같은 포획물을 잡은 게 유감스럽지만, 좋든 싫든 장소를 옮길 때까지 그를 잘 데리고 있어야 했다. 그 후 별다른 일 없이 시간이 꽤 길게 지났고, 나는 이 사람에게 맞장구를 쳐 주면서 그가 어떤 재능을 가졌는지 알아볼 참이었다. 그래서 나는 그에게 말을 걸었다. "자, 주피터, 그대는 천상의 고귀한 몸으로 어떻게 천상의 왕관을 버리고 이 땅의 우리들에게 오게 되었는지요? 주피터여, 당신에게는 이 질문이 우습게 들릴지도 모르지만 대답을 해 주시오. 그렇게 되면 우리는 하늘의 신들과 파우누스[47]와 님프[48] 사이에 태어난 실바누스[49]와도 가까워지게 되며 그들에게도 이런 비밀이 정당하게 은폐되지 않아야 합니다."

주피터가 대답했다. "나는 지하의 신 스틱스에게 맹세하건대, 만약 당신이 내 음료 담당관 가니메드[50]와 그토록 닮지 않았다면, 그리고 당신이 판[51]의 아들이었다면,

47) 파우누스(Faunus) : 로마신화에서 숲과 들판의 신.

48) 님프(Nymph) : 그리스신화에서 물의 여신.

49) 실바누스(Silvanus) : 로마신화에서 경작되지 않은 땅의 신.

50) 가니메드(Ganymed) : 그리스신화에 나오는 술 시중드는 미소년.

51) 판(Pan) : 그리스신화에 나오는 염소의 뿔과 다리를 가진 풍요의 신.

당신은 이곳에서 아무것도 듣지 못했을 것이오. 하지만 가니메드 때문이라도 나는 당신과 이야기하는 거요. 모든 신적인 충고가 막혀 버린 세상 가운데서 큰 절규가 구름을 통해 내게 악덕을 밀고 왔소. 나는 리카온[52] 시대처럼 공의(公義)로 땅을 물로 다시 없앨 수도 있었소. 하지만 나는 인간 종족에게 특별한 은총을 베풀어 그렇게 하지는 않을 것이오."

나는 웃음이 나오는 걸 되도록 억지로 참고 말했다. "아, 주피터여, 만약 그대가 이전처럼 세상을 물 혹은 불로 싹 쓸어 가지 않으신다면, 염려되는데 그대의 수고와 작업이 무엇보다 허사가 될 것이오. 그래서 그대가 이 땅에 전쟁을 보낸다면, 평화롭게 사는 경건한 사람들을 괴롭히는 모든 사악하고 대담한 놈들이 날뛰게 될 것이오. 만약 그대가 기근을 보낸다면, 고리대금업자에게 좋은 일을 시킬 것이오. 그들이 가진 곡식의 가치와 값이 올라가기 때문이지요. 하지만 죽음을 보내 준다면, 구두쇠와 모든 나머지 인간들이 많은 상속을 받으면서 게임은 끝날 것이오. 고로 그대가 세상을 다른 방법으로 벌주고자 하신다면, 전 세상을 봉우리와 뿌리부터 절단해 버리시오."

52) 리카온(Lykaon) : 그리스신화에 나오는 아르카디아 왕 펠라스고스의 아들.

4장

주피터가 이 말에 대답했다. "그대는 우리 신들이 단지 악한만 벌줄 수 있고 선한 사람은 그대로 든다는 사실을 마치 깨닫지 못하는 인간처럼 말하고 있군요. 나는 한 귀한 영웅을 일깨울 것이오. 그가 날카로운 칼로 모든 것을 완성시킬 것이오. 그는 모든 미친 인간들을 죽일 것이며 경건한 인간들을 보우하고 높일 것이오."

나는 말했다. "그렇다면 그런 영웅 또한 틀림없이 군인을 거느릴 것인데, 군인을 필요로 하는 곳에는 전쟁이 있고 전쟁이 있는 곳에서는 무죄한 사람들도 죄인처럼 취급받지요!"

"그대 지상의 신들도 역시 지상의 인간들처럼 생각하는군요." 주피터는 계속 말했다. "그대는 아무것도 이해할 수 없는가? 군인들은 필요 없고 나는 전 세상을 개혁할 그런 영웅을 보낼 것이오. 그가 태어날 때 나는 그에게 헤르쿨레스[53]가 지닌 것처럼 신중함, 지혜 그리고 이성까지 넘치도록 갖춰진 ― 훌륭하고도 강한 육신을 부여할 것이

53) 헤르쿨레스(Herkules) : 그리스신화의 헤라클레스의 라틴어 이름. 괴력을 지닌 반신 영웅.

오. 여기에다 비너스는 나르시스, 아도니스[54]와 나의 가니메드까지도 능가할 아름다운 용모를 영웅에게 부여해 줄 것이오. 그녀는 모든 덕성뿐 아니라 특히 섬세함, 명예와 우아함을 선물할 것이오. 그리하여 온 세상이 그를 사랑하게 만들 것이오. 내가 그의 별자리에서 이러한 것들을 보았기 때문에 더욱더 호의적으로 그를 주목하게 되었소.

메르쿠리우스[55]는 그에게 비교될 수 없는 재치 있는 이성을 부여할 것이며 팔라스[56] 여신은 그를 파르나스[57] 산에서 키울 것이며 불카누스[58]는 그에게 마르스[59] 시대의 무기를 줄 것인데, 특별히 칼을 연마해 이것으로 전 세계를 호령하고 모든 불신자들을 쓰러뜨릴 것이며, 앞으로

54) 아도니스(Adonis) : 그리스신화에서 아프로디테가 총애한 미소년.

55) 메르쿠리우스(Mercurius) : 그리스신화에서 신들의 사자, 헤르메스의 로마 식 이름.

56) 팔라스(Pallas) : 그리스신화의 아테나 여신을 말함. 지혜와 학문의 신.

57) 파르나스(Parnass) : 아폴로와 뮤즈 여신이 산다는 그리스 중부의 산 이름.

58) 불카누스(Vulkanus) : 로마신화에 나오는 불과 대장간의 신. 그리스신화의 헤파이토스.

59) 마르스(Mars) : 로마신화에 나오는 전쟁의 신.

그는 군인으로서 그를 돕고자 하는 어떠한 인간의 도움도 없이 그렇게 해낼 것이오. 그에게 어떠한 도움도 필요하지 않소. 모든 거대도시가 그의 임재에 떨 것이며, 모든 난공불락 요새들이 15분 안에 그에게 복종하게 될 것이오. 마지막으로 그는 세상의 큰 권력자에게 명령을 내릴 것이며 바다와 땅 위의 국가를 영광스럽게 세워 줄 것인즉, 신과 인간 양측은 그로 인해 흡족해할 것이오."

내가 말했다. "어떻게 모든 불신자들을 피 흘리지 않고 다 쓰러뜨릴 수 있소? 그리고 어떻게 넓은 온 세상의 지휘를 특히 큰 폭력과 강한 팔 없이 성취한단 말이오? 주피터여, 죽음을 면할 수 없는 이 인간은 당신의 말이 솔직히 이해가 되지 않음을 고백하오!"

주피터가 대답했다. "내게는 기적 같은 일이 아니오. 내 영웅의 칼이 어떤 특별한 힘을 지니게 될지를 당신이 모르고 있기 때문이오. 불카누스가 그 증거로 그의 덕이 비치는 번개를 만들 것인데, 내 영웅이 그것을 노출시켜 공중에서 단 한 번 스치게 하면, 산 아래 5000보 길로 길게 늘어선 모든 거대한 함대의 뱃머리가 단 한 번에 떨어져 나갈 것이오! 그리고 전 도시를 이렇게 멸할 것인데, 아직 도시에 머물고 있는 사람들이 그에게 와서 용서를 빌지 않으면, 그는 전 도시와 주민들을 고집 세고 불순종하는 민족으로 보고 근절하고자 할 것이오. 다른 사람들을 방어해 주고 이 민족이 그전에 항복하지 못하도록 선동한 사람들을 처형할 것이오.

그렇게 그는 이 도시를 다른 곳에 옮겨 평화롭게 통치할 위임권을 줄 것이오. 그러면 나는 (주피터는 계속 말했다) 여러 신들과 함께 가끔 포도나무와 무화과나무 아래서 즐기기 위해 독일인들 가운데로 내려와, 헬리콘 산 경계 중앙에 앉을 것이며 뮤즈들은 그 산에 새로운 것을 경작할 것이오. 나는 독일을 보다 높여서 축복할 것인즉, 복된 아라비아, 메소포타미아, 그리고 다마스코 주변 지역보다 더 넘치도록 해 줄 것이오. 나는 그리스어 사용을 그만두고 독일어만 쓸 것인즉, 한마디로 아주 훌륭한 독일어를 구사해 결국은 그들에게, 한때의 로마인들처럼, 온 세상을 다스릴 지배권이 주어질 것이오."

내가 말했다. "주피터여, 만약 앞으로 올 영웅이 감히 옳지 못한 방법으로 사람들의 것을 빼앗고 도시들을 복종시키려 하면, 제후들과 왕들은 이 일에 대해 뭐라고 말할까요? 그들 스스로 힘으로 대항하거나 혹 최소한 신과 인간들 앞에서 거역하면서 대항하지 않을까요?"

주피터의 대답은, "이 일에 영웅은 상관하지 않을 것이오. 모든 권력을 세 부분으로 구별하고 유례가 없는 미친 자들을 천박한 자들과 마찬가지로 벌할 것이오. 그의 힘에 속세의 어떤 무력도 거역할 수 없소. 그들 중 나머지 사람에게는 이 나라에 살면서 조국을 사랑할 것인지 아닌지에 대한 선택권을 줄 것이오. 그들은 다른 패배한 사람들과 함께 살게 될 것이오. 그러나 독일인 개개인은 지금의 생활과 왕의 위치보다도 더 만족스러운 삶이 될 것이오."

나는 이런 일에 기독교 국가의 왕들은 무슨 일을 하게 될지를 주피터에게 물어보았다.

그의 대답은 "독일 태생이자 혈통인 영국, 스웨덴, 그리고 덴마크 왕들은 독일의 자유영지로부터 합병된 땅을 봉토로 받는 것과 더불어 왕관과 왕국도 받을 것이오. 에스파냐, 프랑스, 그리고 포르투갈은 고대 독일인들이 이전에 취해 지배했기 때문에 그러할 것이오. 그리하여 아우구스투스[60] 왕 때처럼 그렇게 되면, 지상의 모든 민족들 간에 평화가 지속될 것이오."

60) 아우구스투스(Augustus) : 로마 최초의 황제.

5장

슈프링펠트가 주피터를 조롱하기 시작하자 그는 불만을 드러냈다. 짐플리치우스가 달래 주자 주피터는 즉시 그를 자신의 가니메드로 다시 알아보았다. 주피터가 통고하는 이 놀라운 시간에 대해서 짐플리치우스는 아직 몇 가지 질문이 남아 있었다.

"하지만 독일은 어떻게 종교가 다른 곳에서 그렇게 오랫동안 평화를 유지할 수 있을까요? 다른 종교의 성직자들이 그들의 종교를 내세우고, 그들의 믿음 때문에 다시 전쟁이 일어나게 되지 않을까요?"라고 나는 물었다.

"오, 아니지요!" 주피터가 말하길, "내 영웅은 지혜롭게 이런 염려를 미리 내다보고 무엇보다 전 세계 모든 기독교 계통의 종교들을 서로 통합할 것이오."

나는 "오, 기적 같은 일이군요. 그렇게 된다면야 대단하겠지요! 어떻게 그런 일이 일어납니까?"라고 물었다. 주피터는 말했다. "당신에게 아주 솔직하게 설명해 드리리다. 내 영웅이 전 세계의 평화를 마련한 후 그는 종교적 · 세속적 지도자들, 기독교 민족의 지도자와 서로 다른 종파들을 아주 진심 어린 설교로 감동시켜 지금까지 어마어마한 피해를 낳았던 종교적 분열을 믿음으로 하나 되게 할 것이며, 그들 또한 차원 높은 이성과 번잡하지 않은 토론을 거쳐 그들 스스로도 하나 되는 통합을 원하도록 하는 마음을 갖도록 유도할 것이오. 이 모든 작업에 그의 높은 이성에 따라 선두 지휘할 권리를 그가 넘겨받을 것이오. 영웅은 최고의 우수한 종교학자들과 경건한 신학자들을 모아, 프톨레메우스 필라델푸스[61]가 72명의 통역관에게 했던 것처럼, 조용한 장소를 그들에게 마련해 주어 그곳에 머물며 중요한 일을 방해받지 않고 사고하도록 할 것이오. 그들의 진지하고도 성숙된 심사숙고로 종교 간에 생길 수 있는 논쟁을 먼저 조정해 올바르게 일치되도록 한 다음, 옳고 진실하고 거룩한 기독교와, 원래의 전통과 하나님 아버지의 마음을 따르고 있는 성경을 검토해서 출판하게 하는 것이오. 통합과 일치를 이룬 후, 그는 위대한 기념 잔치를 베풀어 전 세상에 해명된 종교를 선보이게 할 것이오. 그리고 그다음 이 종교가 모순된다고 여기는 사람을 유황과 역청으로 순교시키거나 혹 그런 이단들을 회양목에 꽂아 신년에 저승사자에게 보낼 것이오. 그대 가니메드, 그대는 이제 알고 싶어 하는 모든 것을 알게 되었

61) 프톨레메우스 필라델푸스(Ptolemäus Philadelphus) : 이집트의 왕(재위 BC 285~246)으로 구약성경을 72명의 학자들에게 그리스어로 번역하게 했다. 이렇게 번역된 성경을 70인역(Septuaginta)이라 한다.

소. 그대는 하늘에서 자주 내게 넥타를 따라 주었는데, 이제 하늘을 떠난 이유가 무엇인지 내게 말해 주지 않겠소?"

6장부터 16장까지

짐플리치우스는 주피터가 자신을 바보로 여기고 있다고 생각했다. 이전에 바보 같았던 소년 짐플리치우스는 전혀 바보가 아니라 그를 위해 끝까지 연극을 해 주었던 것이다. 자신이 현명하고 똑똑하다고 여기고 있는 남자 주피터의 등장으로 짐플리치우스가 바보일지도 모른다는 의심은 모두 제거되었다. 대체로 주피터와 바보 짐플리치우스, 이 두 사람이 함께 있는 것은 계속되는 약탈 행군에 방해되지 않았다. 게다가 짐플리치는 오랫동안 이 바보 주피터와 함께 있는 것에 익숙해져야만 했다.

나는 주피터를 떠날 수 없었다. 그러나 사령관은 이 남자를 원하지 않았는데, 그에게서 뽑아 낼 것이 없어서가 아니라 짐플리치우스에게 선물하고 싶어서라는 이유를 대었다. 나도 1년 전에는 내 스스로 그런 광대 역할을 했지만 이제 나는 내 소유의 바보 광대를 갖게 되었으나 팔 수도 없다. 이렇게 행복이란 변덕스러웠고, 시간은 이렇게 변하는구나! 얼마 전까지만 해도 이가 나를 괴롭혔는데, 지금은 내가 나의 힘으로 벼룩 신을 갖게 되었다. 반년 전 나는 어느 질 나쁜 용기병의 하인으로 봉사했다. 이제는 나를 주인님이라 부르는 하인 둘을 소유하고 있다. 나를 창녀로 만들려고 사내들이 뒤쫓아 오던 일이 1년도 채 지나가지 않았는데, 지금은 여자들 스스로 내게 반해 사랑한단다. 그래서 나는 '세상에 변하지 않는 것은 아무것도 없다'는 사실을 알게 되었다. 그래서 나는 지금의 내 행복에 언젠가는 변덕이란 것이 무력으로 앙갚음할지도 모른다는 점을 염려해야만 했다. […]

짐플리치우스는 성공하고 나니 허영심이 솟구쳐 올랐다. "결국 나보다 더 성공할 수 있었던 사례는 어디에도 없지." 이런 마음에서 나온 자만심은 그가 누리는 행복과 함께 더 심해져 갔다. 언제인가 한번 짐플리치우스는 싸움을 하던 중 결투로 이어졌고, 그가 승자로 판정 났다. 이 일로 그는 즉시 수감되었다. 왜냐하면 '신체와 생명을 건 모든 결투는 금지'되어 있었기 때문이다.

감옥에 있을 때 그가 생각해 낸 계략이 포위된 도시를 정복하는 데 도움이 되었다. 이 공로로 그는 다시 풀려났고, 게다가 곧 자리가 나는 부대의 지휘권을 받게 되었다.

잇달아 그는 숨겨진 보물도 발견했다. 지금 그는 이 비싼 것들을 다른 사람들이 시기하고 있는 가운데 어떻게 안전하게 옮길까 고민하고 있다. 결국 보물을 쾰른으로 옮겨 그것을 세목별로 기술한 문서를 한 상인에게 보관시켰다. 이 기회에 그는 주피터를 쾰른에 있는 친척에게 데려다 주었다.

돌아오는 길에 짐플리치우스와 그의 동행자들은 습격을 당해 스웨덴 군대의 포로가 되었다. 그는 자신을 '조스트의 사냥꾼'으로 소개해 그곳 사람들과 아주 고상한 교제를 이어 갔다. 그는 황제 휘하의 군기에 이미 맹세한 바 있기 때문에 스웨덴 편에서 전투하자는 제의를 거절했다. 그래서 그는 6개월간 의무적으로 어떤 무기도 지니지 말아야 했다. 그 대신 리프슈타트 요새 안에서는 자유롭게 움직일 수 있는 허락을 받았다. 이 기간 동안 그는 자신의 바보스러움과 세상의 바보스러움에 대해 곰곰 생각해 보기 시작했다.

17장

내면에 바보스러움이 없는 인간은 세상에 없을 거라고 생각한다. 그렇다면 우리 모두는 같은 종류다. 그리고 다른 사람들이 철이 들 때, 나도 내 머리로 어느 정도 이해할 수 있다. "헤이, 바보." 나는 스스로에게 물었다. "만일 내가 바보라면, 다른 사람도 또한 그렇다고 생각하니?" 아니, 나는 그렇게 말하지 않는다. 하지만 어떤 사람은 다른 어떤 사람보다도 더 바보스러움을 잘 감추고 있다고 생각된다. 그렇기 때문에 그 사람은, 만약 그가 이미 바보 같은 생각을 가지고 있을 때라도, 바보는 아닌 것이다. 그렇다면 청소년 시기에는 대개 모두가 거의 다 같다. 그런데 바보 같은 생각, 그런 것을 누설하는 사람은 바보 취급 받아버린다. 그런 사람은 종종 자신을 전혀 올바르게 보여 주지 못하고, 다른 사람에게 그의 반쪽만 보게 한다. 게다가 그가 다른 사람들에게 억압당하면, 정말 제대로 불리해진다. 그러나 경우에 따라서 그는 때때로 어느 정도 이해를 하며 한숨 돌린다. 결국 그는 그들에게 그렇게 질식당하지는 않는다. 나는 이런 사람을 최고이자 아주 이성적인 사람으로 여긴다.

내가 자유로웠기 때문에 나도 내 시동을 아주 자유롭

게 풀어 주었다. 아직 돈이 있어, 마음에 드는 한 소년에게 광대 복장의 색인 갈색과 노란색의 귀족 시동 옷을 입혔다. 이런 식으로 내 마음에 드는 애완물을 만들었다. 이 소년은 마치 내가 남작인 양 시중들어야 했다. 얼마 전까지 용기병도 아니었고, 반년 전에는 한 불쌍한 마부 소년이었던 나에게 말이다.

그때가 나의 첫 번째 어리석은 시절이었고, 그런 상태로 이 도시로 왔다. 나의 바보스러움은 상당했는데도 그것이 비난받지 않았고 눈에 띄지도 않았다. 무슨 상관인가? 세상은 바보 같은 일로 가득 차 있는데도, 아무도 그것에 유의하거나 그런 사실을 재밌어하거나 놀라워하지 않는다. 모든 사람들이 그것에 익숙해 있다. 그래서 나는 아이의 신발을 아직도 신고 돌아다니는 바보가 아니라, 영리하고 훌륭한 군인으로서 명성을 얻게 되었다.

드디어 그는 요새 바깥으로 나가도 되었다. 그리고 그는 이 기회를, 조스트에 있는 몇 그루 높은 나무 속에 숨긴 나머지 재산을 모아 정리하는 데 사용했다.

18장부터 19장까지

이제 짐플리치우스는 기독교적인 삶을 살지 않았는데, 돈이 모든 문을 열어 주는 곳에 있었기 때문이다. 그렇긴 해도 그는 교양을 쌓기 위해 무엇인가를 했다. 책을 읽고 라우테 연주와 노래를 연습했다. 이 도시의 목사는 그에게 독서 지도를 했다. 때때로 짐플리치우스는 여러 가지 일에 관해 목사와 이야기를 나누었다. 그가 겪는 삶의 방황 때문에 목사의 경고가 없지는 않았다. 목사의 경고는 짐플리치우스에게 그 나름대로 여러 가지 생각을 하게끔 했다.

20장

아직 이 요새에서 머무르고자 (겨울을 넘길 때까지) 하는 한, 누구와 친교를 유지하는 것을 잊어버릴 만큼 나는 그렇게 술독에 빠져 있거나 하는 바보는 아니었다. 어떤 종교이든 간에 모든 민족들에게 존경을 받고 있는 종교지도자들에게 호감을 사지 못하면 얼마나 손해 보는지를 나는 알게 되었다.

그래서 나는 다음 날 목사를 방문했다. 유식하게 꾸민 한 무더기의 거짓말로, 내가 그를 따르기로 결심했다고 말했다. 그의 태도로 보아 정말 이 말에 기뻐하는 것 같았다. 나는 이렇게 말했다. "예, 제가 조스트에 있은 후로 이런 천사 같은 조언자는 계시지 않았습니다. 진실로 저는 존경스러운 어른을 만난 것 같습니다. 겨울이 지나가면 혹은 날씨가 온화해지면 저는 떠날 것입니다." 그 밖에 내가 어떤 학교로 가야 할지에 대해 목사의 유익한 충고도 청했다. 학교에 관해 말하자면 그는 레이던[62]에서 공부했지만, 내게는 제네바로 가기를 권했다.[63] 왜냐하면 내 발음

62) 레이던(Leiden) : 네덜란드 서쪽의 도시.

63) 당시 칼뱅파 신학자들은 공부를 하고자 할 때 고지 독어를 사용하

으로 보아 내가 고지 독일어를 말하는 사람이기 때문이란다. "예수 마리아여!"라고 부르며 나는 대답했다. "제네바는 내 고향에서 레이던보다 더 멉니다."

"내가 무슨 말을 들었나요?" 그는 내 말에 아주 어리둥절해하며 말했다. "내가 아마도 하나님을 교황이라고 부르는 것을 들은 것 같군요. 오, 주여, 제가 속았군요!"

"어떻게, 어떻게 속았어요, 목사님?" 나는 물었다.

"내가 제네바로 가지 않으려 하기 때문에, 그렇기 때문에 내가 교황이 되는 건가요?"

목사는, "아, 아니요, 그게 아니라 나는 당신이 마리아의 이름을 부르는 것을 들었기 때문이오." 나는 말했다. "기독교인이 자기 구원자의 어머니를 부르지 말아야 합니까?"

목사는 "그건 아마도… 하지만 나는 당신에게 경고하고 내가 할 수 있는 한 정중히 부탁하건대, 당신은 주님을 경외해야 합니다. 그리고 당신이 어떤 종교에 원조하려는지 내게 고백하실 수 있습니까? 왜냐하면 나는 당신이 기독교를 믿는지가 ― 비록 내가 당신을 일요일마다 교회에서 보긴 하지만 ― 의심스럽습니다. 왜냐하면 당신이 지난

는 독일 남부 출신은 스위스에서, 저지 독어 사용자는 네덜란드에서 공부하는 것이 유리하다고 생각했다.

성탄절 때 우리 교회 예배에도 루터교의 성찬식에도 참석하지 않은 것으로 알고 있습니다!"

나는 대답했다. "목사님은 내가 기독교인임을 들으셨습니다. 내가 기독교인이 아니라면, 내가 그렇게 자주 설교 시간에 참석하지는 않습니다. 그 외에도 나는 자백하는데요, 나는 가톨릭도 신교도 아니고 오직 일반 기독교 성인의 12조항만 마음에 두고 있습니다. 또한 정말 진실하고 순수하게 구원받는 종교를 가진 자가 충분한 증거를 대면서 나를 믿도록 설득하기 전까지는 나는 어떤 종파도 의무적으로는 믿지 않을 것입니다."

"지금" 그는 말했다. "당신은 당신의 인생을 향해 씩씩하게 돌진해 가는 용감한 군인의 마음을 가지고 있다는 생각이 듭니다. 이와 더불어 당신은 종교와 예배가 없는 황제 휘하에서 살면서 영생의 문제를 그렇게 무모한 게임에 맡겨 버리는군요! 맙소사, 파렴치하고 죽을 수밖에 없는 인간이 어쩜 점점 더 이토록 뻔뻔스러워질까-요? 하나우의 귀족이 키워 준 기독교 정신 가운데서 당신은 아무것도 배우지 못했나요? 당신은 내게 왜 당신이 순수한 기독교 정신 가운데서 당신 부모의 발자취를 따르지 않았는지를 말해 주었소? 아니면 그대는 어째서 다른 사람에게 가기보다는, 천성적으로나 성경적으로 기본이 낮의 해처럼 맑은 이 사람에게 와서 영원히 교황도 루터파도 더 이상 되지 않겠다고, 종교를 취소하겠다고 말할 수 있습니까?"

나는 대답했다. "목사님, 다른 모든 사람들도 자기네 종교에 대해 그렇게 말합니다. 어떤 종교를 내가 믿어야 합니까? 만약 다른 두 파를 비방하거나, 다른 파는 틀렸다고 꾸짖는 어느 한 종파에게 나의 영적 구원을 맡긴다면 이것이 가치가 없다고 생각하십니까? 목사님은 (나의 어느 편에도 치우치지 않은 눈으로) 콘라트 베터[64]와 요하네스 나스[65]가 루터교에 반대해, 그리고 반대로 루터와 그 추종자들이 교황에 반대해, 특히 슈팡겐베르크[66]는 몇 백 년 동안 거룩하고 신의 축복받은 사람으로 간주되어 온 프란체스코 정신에 반대하는 공개 인쇄물을 발행했습니다. 어느 한 편이 다른 편에게 소리 지를 때 내가 어느 파와 관계한다는 것은 아무런 이득이 없습니다! 목사님, 내가 이성을 완전히 가다듬어 흰색과 검은색을 알 때까지 이런 마음을 품고 있다면 옳지 않은 것입니까? 한 종파가 권리를 갖고, 다른 두 파는 권리를 갖지 않아야 하는 것은 불

64) 콘라트 베터(Conrad Vetter) : 엄격한 루터교 반대자로 프란체스코 종파의 수사.

65) 요하네스 나스(Johannes Naß) : 1534~1590. 잉골슈타트에 살았던 프란체스코 종파의 수사.

66) 슈팡겐베르크(Spangenberg) : 1528~1604. 신학자, 역사가.

가능한 일입니다. 내가 어느 한 종파에 대해 잘 생각해 보지도 않고 아는 척한다면, 내가 올바른 것을 올바르지 않은 것으로 알고 붙잡는다고 말할 수 있고, 그렇게 되면 영원히 후회할 것입니다. 덧붙여 유럽에는 아르메니아[67]인, 아비시너[68]인, 그리스인 그리고 그 같은 사람들보다 종교가 더 많습니다. 그리고 하나님은 내가 그것들 중 어느 하나를 택하도록 해 주셨습니다. 목사님이 나의 아나니아[69]가 되려 하신다면, 나는 감사함으로 당신이 고백하는 종교를 받아들일 것입니다."

이 말에 그가 대꾸했다. "당신은 큰 잘못에 빠져 있군요. 나는 당신이 하나님을 알도록, 그리고 하나님이 당신을 수렁에서 건져 내실 것을 기도하겠습니다. 마지막 날에 나는 당신이 지옥문에서 돌아서도록 성경의 신앙고백을 차차 진실로 증명하고자 합니다."

나는 그것에 대한 큰 갈망으로 분부를 기다리고 있겠노라고 대답했다. 하지만 속으로는 '만약 목사님이 더 이

67) 아르메니아(Armenia) : 소아시아에 위치했던 고다 국가.

68) 아비시너(Abyssiner) : 지구에 살았다는 특수 원시 종족. 외눈박이 거인족으로 매우 공격적이었다 한다.

69) 아나니아(Anania) : 성경 사도행전에 나오는 인물. 나중에 바울이 된 사울에게 안수하고 세례를 줬다.

상 나의 연애 중독 같은 것에 대해 꾸짖지 않으신다면 나는 목사님의 신앙에 만족할 것입니다'라고 생각하고 있었다.

이 부분에서 독자들은 내가 당시 타락하고 사악한 사내아이였음을 추측할 수 있을 것이다. 이 정도로 나는 선한 목사님에게 나와 내 나쁜 인생을 방해하지 말라는 식의 쓸데없는 말을 했다. 만약 목사님이 증명하는 것이 완벽하다면, 나는 사라져 버려 주겠다고 말했던 것이 생각난다.

21장

짐플리치우스가 여러 애정 행각에 빠져드는 데는 그리 오래 걸리지 않았다. 근처 육군 대령의 딸이 그를 사로잡기까지는 시간이 좀 걸렸다. 그는 그녀의 마음을 얻고자 열심히 노력했다.

내가 유치할 정도의 교태와 애교의 극치에 대해 장황하게 이야기할 필요는 없다. 왜냐하면 내 이야기가 없어도 세상은 그와 같은 사랑 이야기로 가득하기 때문이다. 우선 내가 내 사랑에 키스할 정도로 그리고 다른 광대 태도를 행세할 만큼 대담해졌음을 영리한 독자들이 알고 있다면 그것으로 충분하다.

연애 기간 중 내가 그토록 바라는 매혹적인 일들이 연이어 일어났다. 그녀는 밤에 내가 곁에 누울 수 있도록, 그리고 내가 마치 그녀의 것인 양 침실에 있도록 허락하기까지 이르렀다. 그런 호박 넝쿨 같은 제의를 대부분의 남자들이 뻔뻔스럽게 받아들인다는 것은 모두가 아는 일이다. 아마 독자들은 내가 어떤 부정한 짓으로 밤을 보낸다고 상상할 것이다. 아, 아니지! 하지만 그 같은 일을 내가 결코 어떤 여자에게도 일어나지 않게 하리라는 너 생각들은 헛

되거나 모순적일 수 있다. 그녀의 의도도 그러했지만 결혼과 명예가 우선이기에, 그리고 만약 내가 그녀에게 그런 짓을 하면 나는 아주 참혹한 저주를 받을 것이라며 약속했기 때문에, 그녀도 결혼식 전에는 잠시라도 아무런 일도 일어나지 않기를 원했다. 하지만 그녀는 내가 침대 옆에는 누울 수 있도록 허락했고, 이에 나 또한 극심한 불안과 피곤으로 곤히 잠들었다.

그러다 누군가가 난폭하게 나를 깨웠다. 새벽 4시경, 대령이 한 손에 권총, 다른 손에는 횃불을 들고 침대 앞에 서 있었다. "크라바트." 그는 아주 큰 목소리로 하인에게 소리 질렀다. 하인도 역시 칼을 들고 그 옆에 서 있었다. "크라바트, 빨리 목사를 불러와!" 나는 잠에서 깨었고 내가 어떤 위험에 처해 있는지를 보았다.

'아 낭패다.' 나는 생각했다. '그가 너에게 책임을 묻기 전, 그전에 너는 좀 회개를 했어야지!' 눈앞이 파래졌다 노래졌다 정신이 없었고, 내가 그녀에게 정말 치욕스러운 일을 저지른 것인지 아닌지도 몰랐다. "네 이놈, 경솔한 놈." 그는 내게 말했다. "네놈이 나의 집을 수치스럽게 하는 것을 봐야 하는가? 너와 더불어 창녀가 되어 버린 이 음녀의 목을 꺾어 버리는 것이 옳지 않은가? 아, 이 짐승아, 네 몸에서 심장을 꺼내어 찢고 잘게 조각내어 개에게 던질 때까지 어떻게 내가 참을 수 있을까?" 이 말을 하면서 그는 이를 갈고 제정신이 아닌 동물처럼 눈이 뒤집혔다. 나는 어떻게 해야 할지를 몰랐고 여자는 울기만 했다. 드디어 좀 정신을 차려, 우리의 결백에 대해 무엇인가를 말하고자 했다. 하지만 그는 다르게 생각하고 있었다. 내가 너무도 큰 불신으로 그를 대했다고 생각한다면서 다시 나를 비난하기 시작했고 "주둥이 닥쳐"라고 말했다. 그사이 그의 부인까지 합세해 내가 수긍하면 나는 그 어딘가에 있는 가시 울타리에 내던져진다는 참 참신한 설교를 시작했다. 크라바트가 신부님과 함께 올 동안, 부인은 2시간 동안 말을 멈추지 않았던 것 같다.

신부가 오기 전, 나는 감히 몇 번을 일어서려고 했다. 하지만 대령이 나를 위협하는 표정으로 누워 있으라 했고, 그래서 나쁜 행동으로 체포된 놈이 용기를 내지 못하는 것 같은, 그리고 침입했다가 아무것도 훔치지 못하고 붙잡힌 도둑의 기분이 되었다.

지금 나는 곰 가죽처럼 누워 있고 용기 있게 입을 열지도 못한 채 주둥이만 가지고 있는 꼴인데, 하물며 주먹을 펼 수 있으랴. "보시오, 목사님." 그는 말했다. "내가 당한 치욕의 증인으로 목사님을 내세울 만한 좋은 구경거리가 여기 있습니다!"

그는 이 말을 거의 제대로 하지 못한 채 다시 화내기 시작했고, 내 목을 분질러 버려야 한다는 말만 수천 수백 번

뇌까리고 손을 피범벅으로 만들어 버려야 한다고 했다. 그는 수퇘지처럼 입에 거품을 물고 제정신을 잃은 것 같았다. 그래서 나는 한순간 '지금 그가 너의 머리를 쏘려 한다!'라고 생각할 정도였다.

목사는 사람을 죽이는 일은 생기지 않도록 손과 발로 그를 막으며 그다음 일을 생각하도록 했다. "장교님, 이성을 찾기 바랍니다. 한번 터진 일에 최선책을 강구해야 한다는 격언을 생각해 보시오. 이 나라에서 이 또래에서는 찾기 힘든 이런 예쁜 한 쌍과 같은 경우도 처음 있는 일이 아니고 또한 마지막도 아닐 것입니다. 그러니 사랑에서 오는 제어하기 힘든 힘을 극복하도록 놔 주십시오. 두 사람이 범한 실수 또한 실수이니 만큼 이 두 사람을 통해 다시 쉽게 개선될 수 있습니다. 이런 방법으로 존중해 주는 것은 권장할 만한 일은 못 되지만, 이 젊은 부부가 이 일 때문에 교수형이나 수레에 끌리는 벌을 받을 수도 있습니다. 대령님도 이 실수를 비밀에 부치고 용서해서 두 사람의 결혼을 허락하십시오. 의례적인 교회 절차를 통한 공개 결혼 선언에 동의하신다면 수치가 아닐 것입니다."

"무슨 말씀을 하시는 거요? 이것들을 벌하는 대신 먼저 잔치를 베풀고 큰 명예를 얻게 하라는 것이오? 나는 이 둘을 날 밝기 전에 묶어서 리페 강에 던질 것이오! 목사님은 이 와중에 내가 이들을 맺어 주라 하니 당신이 이 둘을 데리고 가시든지, 그렇게 하지 않으면 내가 이 두 사람을 닭들에게 하듯 교살할 거요."

나도 속으로 생각해 봤다. '너는 어떻게 할 것인가. 즉 주는 먹이를 새가 받아먹을 것인가 아니면 죽을 것인가를 말이다. 나는 이런 처녀에 대해 부끄러워할 필요가 없지. 그래, 내 출신을 생각하면 나는 그녀의 신발이 놓인 곳에 앉을 가치조차도 없지.'

그러나 나는 맹세를 하면서 우리 사이에 서로 명예롭지 못한 일은 아무것도 없었다는 사실을 고상하고 품위 있게 확언했다. 사람들이 우리에 대해 어떠한 나쁜 것도 품고 있지 않음을 계속 확신시켜 준다면 지금 보이는 한 번의 혐의는 아무도 모르게 될 것이다.

이리하여 우리는 목사의 주례로 침대에 앉은 채 결혼식을 올리게 되었다. 이렇게 한 후 나는 일어서게 되었다. 그리고 서로 집에서 부득이 나와야 했다. 대령이, 대문 아래 서 있는 나와 그의 딸에게 앞으로 영원히 눈앞에 보이지 말라고 했다. 나는 다시 기운을 차렸고 칼도 옆구리에 차고 있기에 즉각 농담으로 대답했다. "장인어른, 왜 모든 것을 오해한 채 일을 이렇게 처리하시는지 모르겠습니다. 다른 부부들은 갓 결혼하면 가까운 친척들을 숙박시키지요. 그러나 당신은 결혼시킨 후 침대에서뿐 아니라 집에서도 저를 쫓아내는군요. 당신이 저의 결혼생활을 축복해 주는 대신에, 제가 장인을 바라보며 장인에게 봉사하겠다는 것도 허락하지 않으려 하시는군요. 진실로 모든 것들이 그렇게 되어 버리면, 세상의 결혼식이 우애를 성사시키기는 어려울 것입니다."

22장부터 24장까지

짐플리치우스는 이제 결혼식 피로연을 베풀고 이 기회에 장인과도 화해했다.

스웨덴의 사령관이 젊은 신랑에게, 말하자면 선물로 용병 지휘권을 제의했다. 짐플리치우스는 이번엔 이 제안에 동의했지만 유보해 놓았다. 그전에 그는 쾰른에서 자기 재산을 가져와야 했다. 그가 스웨덴 군인이 되면 재물을 더 이상 돌려받기 힘들기 때문이다. 그리하여 그는 쾰른으로 갔지만, 아주 실망했다. 그의 재산을 관리하던 상인이 파산했고 사라졌다. 모든 것이 법적 소송에 걸려 시간이 많이 들었다. 짐플리치우스는 쾰른에서 기다리라는 판결을 받았다.

제4권

1장부터 4장까지

쾰른에 머무는 동안 짐플리치우스는 젊은 귀족 두 명을 알게 되었다. 이들은 어학 공부를 하러 파리로 가려는 참이었다. 짐플리치우스는 재산 문제를 변호사에게 위임하고 재빨리 두 사람을 따라 파리로 가기로 결정했다.

파리에서 갑자기 불행한 상황에 부닥쳐 돈 없이 지내게 되자, 어느 의사 집에 라우테 개인 교사로 들어가게 되었다. 이 댁에서 몇 가지 엉터리 의술도 배웠다.

곧 그의 연주와 노래 실력이 알려져 그는 궁정에 들어가게 되었다. 그는 궁정 사교계의 호감을 사게 되었다. 특별히 부인들은 그를 "아름다운 독일 남자"라고 불렀다.

어느 날 그는 개인 지도를 원하니 승낙해 달라는 내용의 편지를 쓰도록 요구받았다. 편지의 수신인이 쓴 답장에는 사교계의 한 마담이 그의 '꽃미남' 외모를 즐겁게 감상할 수 있도록 독일어를 하는 하인을 찾는다 했다. 짐플리치우스는 속았다는 기분이 들었지만 결국은 가기로 했다.

짐플리치우스는 눈을 가린 채 동행한 부인과 함께 마차를 타고 갔다. 안대가 풀렸을 때 그는 홀에 서 있었다.

실내는 화려하고도 섬세하게 장식되어 있었다. 벽에는 아름다운 그림이 걸려 있고 은식기를 보관한 그릇장과 금색 천으로 장식된 휘장이 달린 침대가 있었다. 방 한가운데에는 식탁이 화려하게 차려져 있고, 난로 곁에는 예쁜 욕조가 놓여 있었다. 그러나 그의 생각으로는 이 모든 것들은 실내 전체를 부끄럽게 만들고 있었다. 나이 많은 부인이 내게 말했다. "자, 시골 양반, 오신 것을 환영합니다. 아직도 속았다고 말하고 싶나요? 모든 불쾌감을 떨쳐 버리고 지금 극장에 있다는 기분을 가지세요. 왜냐하면 당신의 역할이 플루토[70)]의 오르페우스[71)]이기 때문입니다. 당신은 저곳에서 잃어버린 여인보다 이곳에서 더 아름다운 여인을 틀림없이 만나게 될 것입니다."

70) 플루토(Pluto) : 로마신화에 나오는 지하의 신. 그리스신화의 하데스에 해당한다.

71) 오르페우스(Orpheus) : 그리스신화 속의 시인이자 하프 연주자. 플루토에게 지하의 아내를 데려가도록 허락받았다.

5장

연이어 그녀가 말했다. 내가 더 이상 이곳을 두리번거려도 안 되며, 다른 짓을 하려고 해서도 안 된다는 것이었다. 그래서 나는 함께 온 나이 든 여자에게 이렇게 말했다.

"물 마시는 것이 허락되지 않는 샘가에 앉아 있는 것이 목마른 사람에게는 별 도움이 되지 않는군요." 이 말에 그녀는 특별히 물이 가득 넘쳐나는 곳, 프랑스 같은 곳에서 물 마시는 것을 금지하는 것은 그렇게 나쁜 일이 아니라고 했다. "아, 그렇군요. 마담, 당신은 마치 내가 결혼하지 않은 사람인 것처럼 말씀하시는군요!"라고 말했다. "웃기지 마세요. (이 고약한 부인이 대답했다) 오늘 밤 사람들은 당신에게서 그런 것을 생각하지 않습니다. 프랑스에서는 명예로운 신사들이 가끔씩 유혹을 받지요. 비록 그렇다고 하더라도, 나는 당신이 낯선 샘물, 아마 특별히 더 즐거운 곳, 그리고 당신의 것보다 더 좋은 물이 있는 낯선 샘물에서 물을 마시기보다는 차라리 목말라 죽어 버리겠다고 말할 만큼 그렇게 고지식한 사람이라고는 생각하지 않습니다."

우리의 대화는 여기까지였다. 난롯불을 살피는 귀족 처녀가 혼탁한 도시에서 더럽혀진 (파리는 아주 불결한 도시였다.) 내 구두와 양말을 벗겼고 곧 식사 전에 목욕을 해야 한다는 지시가 있었다. 조금 전 그 처녀가 목욕 용품을 가져왔는데, 그것들 모두 사향과 좋은 비누 냄새를 풍겼다. 곧 처녀는 물러갔고 나이 든 부인이 내 몸을 씻기려 했다. 나는 부끄러워 알몸을 보이고 싶지 않았지만 소용이 없었다.

목욕 후 내게 하늘하늘한 속옷이 건네지고 보라색 호박단 안감의 잠옷이 입혀졌다. 수면모자와 슬리퍼에는 금과 진주가 박혀 있다. 이렇게 하고 나는 화려한 정부처럼 앉아 있었다. 그사이 나이 든 부인이 내 머리를 말리고 빗질했다.

식탁에 음식이 차려진 후, 고매한 젊은 부인들 세 명이 방으로 왔다. 석고처럼 하얀 부인들의 가슴은 꽤 많이 파여 있었으며 얼굴엔 가면을 쓰고 있었다. 세 명 모두 아주 아름답다고 생각했는데, 그중 한 명이 다른 여자들보다 훨씬 더 아름다웠다. 나는 그들에게 아주 조용히, 최대한 몸을 구부려 인사했다. 그들도 같은 동작으로 내게 감사를 표했다. 자연스러워 보이는 동작이었다. 서로 얼마간 침묵을 지켰지만 중재자인 그 여자가 자리를 만들기 시작했다. 그들 세 명이 동시에 앉았을 때, 나는 그들 중 누가 가장 서열이 높은지, 그들 중 누구를 내가 모셔야 할지 추측할 수가 없었다. 첫째 부인이 내게 프랑스어를 할 수 있는지 물었다. 나의 동행녀가 아니라고 말했다. 그다음 부인은 내게 말을 해야 하므로 내가 앉았으면 좋겠다고 했다. 셋째 부인은 내 동행녀인 통역인에게도 앉으라고 명령했다. 이리하여 나는 누가 그들 중 가장 높은지를 다시금 추측할 수가 없었다. 나는 이 세 명의 마담들 건너편 나이 든 여자 옆에 앉았다. 나의 아름다움은 이 늙은 여자 옆에서 의심 없이 더 빛이 났다. 그들 세 명 모두 나를 유심히 바라보고 있었다. 내 매력이 이 여자들을 수백 번 한숨 쉬게 했겠지. 나는 그들이 쓴 가면의 반짝임 때문에 여자들의 눈을 볼 수가 없었다.

옆의 늙은이가 내게 (그 밖에는 아무도 내게 말을 걸지 않았다) 이 세 명 중 누가 제일 아름다운지를 물었다. 나는 볼 수가 없으니 선택할 수 없다고 대답했는데, 이 말에 네 명의 여자들 모두 치아를 보이며 웃기 시작했다. 그리고 그들이 물었다. “왜요?”

나는 제대로 볼 수 없기 때문이라고 대답했다. 하지만 내가 보고자 한다면, 세 명 모두 보기 싫은 인물들은 아닐 것이라고 말했다. 나이 든 부인이 이것을 통역했고, 그리고 모두의 입술에 키스하고 싶을 정도라고, 마치 내가 직접 그렇게 말한 것처럼 거짓말도 보태어 통역했다! 이것이 식탁에서 가진 우리의 담화였다. 나는 프랑스어를 하지 못하는 사람으로 소개되었다.

그런 다음 침묵이 지속되었기 때문에, 우리는 좀 더 일찍 헤어지기로 했다. 이에 마담들은 내게 밤 인사를 했고, 나는 문까지만 가고 그들을 더 이상 배웅하지 않았다. 나이 든 부인은 그들을 뒤로한 채 곧 빗장을 걸었다. 그것을 보고 내가 어디서 자야 하는지 물었다. 그녀는 지금 곁에 놓여 있는 침대에 특별히 잠자리를 마련할 수 있다고 했다. 나는 '세 명 중 각각 한 명씩 저곳에 자기에 충분하지'라고 말했다. "그래요" 그녀가 말했다. "하지만 오늘은 아마 아무하고도 아닐 거야." 우리들이 이렇게 이야기하고 있는 사이, 침대에 있던 아름다운 부인이 와서 숄을 걷으며 노인에게 수다 떠는 것을 멈추고 자러 가라고 했다. 나는 그녀가 가져온 등불을 들고 누가 침대에 누워 있는지를 보려고 했다.

그러나 그녀는 불을 끄며 말했다. "여보세요, 목숨이 아깝거든 무슨 생각 따위는 그만두세요. 주무세요. 그러면 안전할 거예요. 마담들의 얼굴을 자꾸 보려고 애쓰면 당신은 여기서 살아 나갈 수 없어요!" 이 말을 하고 그녀는 문밖으로 나가 빗장을 걸었다. 불을 살피던 처녀도 이제 등불을 완전히 끈 뒤 벽걸이 카펫 뒤 비밀의 문을 통해 사라졌다. 이때 침대에 있던 마담이 말했다. "예쁜 독일 남자여, 내 사람, 내게 와 봐요!"

나는 어떤 일인지 보려고 그 침대 쪽으로 다가갔다. 내가 그곳으로 가자마자 그녀는 내 목을 부여안으며 그녀 쪽으로 나를 끌어당겼다. 이렇게 이루 말로 표현할 수 없는 철없는 사랑놀이를 했다. 그 여자는 '내 사랑, 내게 와요'라는 말 외에는 독일어를 한마디도 못했다. 그 밖에는 그녀의 몸짓과 태도로 이해할 수 있었다. 나는 집에 있는 사랑하는 사람이 생각나기는 했으나, 유감스럽지만 나도 인간이고 이 여자도 참 잘 만들어진 창조물이며 게다가 사랑스럽기까지 하다고 생각했다. 내가 이 순간을 순진하게 빠져나올 수 있었다면 장작개비였으리라.

이런 일로 8일 낮과 밤을 이 집에서 보냈는데, 다른 세 명의 여자들도 이즈음 내 곁에 누웠을 것이라고 생각했다. 그들 모두 다 첫 번째 여자처럼 말을 하지 않았고, 바보인 척도 하지 않았다. 비록 내가 8일간 이 네 명의 여자들과 지내긴 했지만 베일 모자를 통해 혹은 어둠 속에서 그냥 얼굴을 쳐다보는 것 외에 달리 허락된 것은 없었다.

8일간의 시간이 끝나고 나는 눈이 가려진 채, 도중에 눈을 풀어 주었지만, 마차에서 나이 든 여자 곁에 앉아 궁전으로 갔다. 궁전에 도착하자마자 마차는 다시 재빨리 떠났다. 내가 받은 돈은 금화 200냥이었다. 내가 누구에게 팁을 주어야 하는지 물었을 때 동행녀는 말했다. "절대로 안 돼요. 당신이 만일 그렇게 한다면 그 부인들은 불쾌해할 것입니다. 당신이 그녀들을 팁 받는 창녀촌 여자로 착각한다고 생각할 것입니다." 그 후로 나를 무력하게 하고 싫증 나게 하는 이런 기별들을 더 많이 받았다.

6장

짐플리치우스는 이런 식으로 돈을 벌었다. 그래서 그는 망설이지 말고 빨리 독일로 떠나야 한다고 생각했다. 무엇보다도 리프슈타트의 약속된 지휘관 자리가 아직도 유리하다는 전망을 편지에서 읽었기 때문이다.

여행한 지 이틀 후 그는 몸이 아팠다. 천연두에 걸렸고 설상가상으로 도둑도 맞아 나머지 가진 것들을 치료비를 마련하기 위해 팔아야 했다.

7장

누군가 죄를 지으면 그것 때문에 또한 벌을 받게 된다. 천연두는 이제 여자들로부터 벗어나 쉬어야 할 만큼 나를 망쳐 놓았다. 완두콩을 타작하는 넓은 곳간처럼 내 얼굴은 얽었고, 많은 여자들을 감쌌던 내 예쁜 곱슬머리는 나를 부끄러워하듯 없어져 버렸기 때문에 나는 아주 흉측해 보였다. 머리칼이 있던 자리에 돼지털 같은 다른 머리가 자랐다. 그래서 어쩔 수없이 가발을 사용해야 했다. 자연히 피부를 더 이상 가꾸지 않게 되었고, 목에도 종기가 생겨 사랑스러운 목소리도 없어져 버렸다. 전에 모든 사람을 달아오르게 했고 열정 없이는 바라보지 못했던 내 눈은 지금은 아주 빨갛게 되어 마치 눈병 앓는 팔순 노파처럼 눈물을 흘린다. 이것들보다 더 힘든 것은 내가 외국에 있다는 점이다. 나를 신뢰한다는 개나 사람도 내 언어를 이해하지 못하고 돈도 더 이상 남아 있지 않았다.

이제 곰곰 생각하기 시작했다. 이전에 경솔하게 흘려보냈던 좋은 기회에 대해 이제야 한탄하기 시작했다. 나는 이제야 뒤를 돌아보았고, 전쟁 중에 내가 얻은 재산 등 비정상적인 행운은 나를 점점 더 나락으로 던질 수 있는 원인이자 준비 외에는 아무것도 아니었음을 알았다.

그전에는 나는 나 자신을 결코 잘못된 시각으로 바라보지 않았기에 고개를 쳐들고 다녔을지도 모른다. 내가 만났고 내가 선으로 여겼던 것들이 이제는 악이 되어 나를 극도의 타락으로 이끌었던 것이다. 나와 함께 살면서 신뢰감을 주었던 은둔자가 없고, 비참함에 빠진 나를 받아 준 람자이 대령이 없고, 내게 최선책을 강구해 준 목사가 없고, 그리고 전체적으로 내게 어떤 호의를 베풀 몇 사람이 없기 때문에 이렇게 되었다. 많은 돈이 다 없어지자마자 내가 어디서 지내야 하는지 제대로 봐야만 하고 탕자[72]가 그랬던 것처럼 돼지와 함께 사는 나를 받아들여야 하는 것이다.

이때 내가 지닌 재능과 청소년기를 공부에 사용해야 한다고 충고하신 목사님의 좋은 충고가 다시 생각났다. 하지만 가위로 새의 날개를 잘라 원하는 형태로 만들기에는 너무 늦었던 것이다. 왜냐하면 새는 곧 날아가 버리기 때문이다.

오, 빠르고 불행한 변화여! 4주 전에 나는 제후를 감탄시켰고, 여자들을 매혹했고, 사람들에게 자연의 걸작품,

72) 탕자 : 성경 누가복음 15장에 한 탕자 아들이 아버지의 재산을 미리 받고 타국으로 가서 허랑방탕하게 살다 재산을 다 탕진하고 결국은 배가 고파 돼지죽을 먹는 이야기가 있다.

그래, 천사처럼 보였지. 지금은 개가 내게 오줌 싸는 것을 어렵지 않게 볼 수 있다. 내가 무엇부터 시작해야 할지 수천에 수천 번 생각했다. 더 이상 돈을 낼 수 없었기 때문에 여관 주인이 나를 내쫓았다. 일도 해 보려 했지만 내가 부스럼 딱지의 빼꾸기처럼 보였는지 군인 출신의 구직자를 받아들이지 않으려 했다. 내 몸은 너무 여위었고, 육체노동은 해 보지 않아서 할 수가 없었다. 아무도 나를 집에 들이려 하지 않았기 때문에 여름날에 걸어가다가 유사시에는 울타리 뒤에 의지하는 것 외에는 아무것도 더 이상 나를 위로하는 것은 없었다.

나는 좋은 옷과 여행 가방 한 가득 비싼 리넨 속옷가지를 아직 가지고 있어 그것을 팔고자 했는데, 병이 옮을까 봐 겁을 먹고 아무도 사려고 하지 않았다. 나는 그들에게 병을 옮겨 죽게 하고 싶었다. 결국 등에 가방을 메고, 손에는 칼을 쥐고 발길 가는 대로 걸어 어느 작은 도시에 다다랐다. 잠시 후 약국이 나타났다. 그곳으로 가서 얼굴의 얽은 것을 없애기 위해 연고를 조제하게 했다. 나는 돈이 없었기 때문에 약사에게 그렇게 더럽지 않은, 질 좋고 부드러운 셔츠 하나를 대가로 주었다. 다른 바보들처럼 그도 이 옷을 받으려 하지 않았다. 만약 내 얼굴의 부끄러운 반점이 없어진다면, 내 비참함은 사라지고 개선될 것이라고 생각했다. 8일 정도 지나면 깊은 흉터 없이, 열병이 피부

속으로 들어가기 때문에 더 이상 읽은 것이 보이지 않으리라는 약사의 위로에 내 마음은 벌써 대담해졌다.

8장부터 10장까지

짐플리치우스는 이제 그가 파리의 의사에게서 배웠던 것으로 돈을 벌려고 했다. 돌팔이 의사가 되어 단순한 사람을 속이기 시작했다. 하지만 이 사업이 제대로 꽃피기 전에 그는 황제 휘하의 군대에 붙잡혔다. 그는 배를 타고 가다가 라인 강에 불행하게 떨어지는 바람에 가까스로 포로 신세에서 벗어나기는 했으나 죽을 위기에 처했을 때, 점령군의 배에 구조되었다. 하지만 자유는 길지 않았다. 라인 강 하류를 따라 배로 내려오던 중 짐플리치우스는 필립스부르크에서 황제 휘하의 군인들에게 다시 잡혀 소총병으로 새로 복무해야 했다.

11장

내가 생명의 위협을 겪고 있다는 사실을, 알 만한 독자들은 안다. 내가 소총병들 중 그야말로 하나님과 말씀을 무시했던, 그리고 악을 행하지 않으면 못 견디는 그런 거친 인간이었던 것을 내 영혼이 위험에 직면하면서 알게 되었다. 무엇보다 내가 하나님에게서 받았던 모든 은총과 복을 잊어버렸다. 나는 이런 시간과 영생을 위해 기도하지 않은 채로 황제의 국가에서 염소처럼 살았다. 아무도 내가 경건한 은둔자 곁에서 자랐다는 점을 믿을 수 없을 것이다. 아주 가끔 나는 교회에 갔고, 고백성사에는 전혀 참여하지 않았다.

내가 누군가를 체포할 수 있다면 그것을 중지하지 않았다. 그래서 나는 이 짓으로 영예를 얻어 아무도 나에 대해 불평을 하지 못하도록 했다. 하지만 이 멍청이를 뉘우치게 하려는지 나는 자주 심한 매를 맞았다. 그렇다, 사람들은 내 교수형 줄을 세차게 흔들면서 위협했다. 하지만 모든 것은 도움이 되지 않았고, 계속 방종한 생활을 했기에 마치 내가 무법자 역을 맡았거나 열심히 지옥으로 달려가는 것 같은 모습을 보였다. 그리고 어떤 일을 하지 않으면 내 삶이 미쳐 버릴 것 같았다. 내가 그토록 악해져, 사람들은 (마술사와 남색을 제외한) 한 황폐한 인간을 만난 것 같다고 생각할 정도였다.

나의 이런 피폐한 부분을 우리 부대의 성직자가 주시하고 있었다. 그는 정말 경건한 구도자였다. 부활절쯤 그가 내게 사람을 보내, 왜 고백성사와 성찬식에 출석하지 않는지 알고자 했다. 나는 심부름 온 사람을 그전에 리프슈타트의 목사에 대한 진실한 기억 때문에 잘 대접했다. 그래서 이 선한 사람은 내게 아무런 직무를 행할 수 없었다. 그리고 내게 해 줄 예수 이야기와 세례에 관해서는 잊은 듯 그는 결심하며 말했다. "아, 비참한 사람이여! 나는 당신이 불확실한 삶으로 혼란스러워한다고 생각했소. 하지만 이제 나는 당신이 순전히 악행을 할 심산으로 그랬고, 동시에 고의로 죄를 계속 짓는다는 것을 알았소. 아, 당신의 불쌍한 영혼과 심판에 대해 누가 동정을 할까요? 내 쪽에서 나는 당신의 심판에 어떠한 책임도 지지 않을 것을 신과 세상 앞에 항변하고 싶소. 나는 직무를 행했고, 나아가 당신이 축복받도록 하기 위해 필요한 것이 있다면 기꺼이 물러나지 않고 할 것이오. 이것은 내가 앞으로 해야 할 여러 가지 일에 의무를 진다는 것은 아닙니다. 만약의 경우 당신의 가련한 영혼이 심판의 자리에서 당신의 육체를 떠날 때, 나는 당신의 육체를 경건하게 죽은 다른 기독교인들이 묻힌 거룩한 장소가 아닌, 시체 매장지 근처의 죽은 염소의 가죽을 벗기는 곳이나 혹은 하나님을 잃어버린 버림받은 자들과 지옥 가는 자들을 두는 그런 장소에 놔두는 셈이 되기 때문입니다."

나는 이런 진지한 위협에도 마찬가지로 그전의 경고보다도 더 두려워하지 않았다. 이유는 내가 고백성사를 수치스럽게 생각하는 데 있었다. 아, 나는 바보다!

나는 이런 말을 남기며 종교가와 헤어졌다. 그 성직자는 간절하게 얻고자 했던 토끼를 거절당한 것 외에는 아무것도 얻은 것이 없었다. 왜냐하면 스스로 밧줄에 목매달아 자살해 버린 토끼가 신성한 땅에 묻힌다는 것은 합당한 일이 아니기 때문이다.73)

73) 토끼는 연약한 인간 즉 주인공을 의미하는 듯하다. 멸망의 길을 자초한 인간이 봉헌된 교회 영지에 묻히는 것은 옳지 않다는 뜻으로 풀이된다.

12장

이렇게 내 행동은 나아지지 않았고 시간이 지나면 지날수록 더 고약해졌다. 내가 좋은 행동을 하지 않기 때문에 언젠가 대령이 나를 비난하면서 저쪽 부대로 보내 버리겠다고 말했다. 그가 심각하게 말하는 것이 아니란 걸 나는 잘 알기 때문에, 나는 대령님이 내게 매를 치는 집행인을 붙여 주면 더 가기가 쉬울 것 같다고 말했다. 나를 방임해 놓으면 그건 내게 처벌이 아닌 선행을 베푸는 일이라는 것을 대령은 알았기 때문에 그래서 나를 나가도록 했다. 그러나 나는 마음과 달리 보병으로 그대로 남아 있었고 여름이 지날 때까지 배고픔에 시달렸다. 괴츠[74] 장군이 군대를 이끌고 가까이 올수록 내 구원도 더 가까이 다가오고 있었다. 장군이 브룩잘[75]에 그의 사령부를 설치했을 때, 내가 마그데부르크 진영에서 내 돈으로 신실하게 도왔던 헤르츠브루더가 총사령관이 준 몇 가지 임무를 가지고 이

74) 괴츠 : 요한 그라프 폰 괴츠(Johann Graf von Götz). 1599～1645. 30년 전쟁 때 황제군의 장군.

75) 브룩잘(Bruchsal) : 바덴 지방의 도시. 1638년 6월 4～14일에 걸쳐 폰 괴츠 장군의 사령부가 여기에 머물렀다.

요새로 왔다. 사람들은 그에게 최상의 예우를 표했다.

나는 그즈음 대령의 숙소 앞에서 보초를 서고 있었다. 검정 비로드의 프록코트[76]를 입고 있는 헤르츠브루더를 나는 첫눈에 즉시 알아보았다. 하지만 바로 그에게 말을 걸 마음은 없었다. 왜냐하면 나는 세상의 이치에 따라 그가 나를 부끄러워하거나 혹은 나를 알은체하지 않을 수도 있다고 생각했기 때문이다. 입은 옷으로 보아 그는 높은 신분이고, 나는 하찮은 보병이었기 때문이다. 보초 교대를 한 후, 내가 다른 사람을 헤르츠브루더로 잘못 생각해 말을 걸게 될까 봐서 먼저 그 사람의 하인에게 그의 신분과 이름을 알아보았다. 그런 뒤에도 그에게 바로 말을 건넬 마음이 생기지 않아 편지를 썼다. 이것을 그의 하인에게 주면서 아침에 그의 숙소 근무자에게 건네주도록 부탁했다.

존경하옵는 분에게,

제가 존경하는 귀하께서 이전에 비트슈토크 전투에서 귀하의 용맹으로 수갑과 사슬에서 구해 주셨던, 지금은 제일 비참한 신세로 전락한 누군가를 지금 그대

76) 프록코트 : 당시 일반 남성들이 착용하던 긴 재킷

의 명성으로 구해 주신다면, 이 일이 그대에게 그렇게 어려운 것이 아닐 것이며, 그 사람은 신의와는 별도로 그대의 영원한 종으로서 의무를 다할 것입니다.

버림받은 가련한 짐플리치우스로부터

그는 이것을 읽자마자 나를 그에게 보내도록 하라고 말했다. "여보시오, 당신에게 이 쪽지를 준 남자가 어디 있소?" 그가 내게 말했다. "그에게 가서 말하시오. 내가 그를 도울 것이며, 털실 목도리도 선물 받을 것이라고 말하시오." 내가 말했다. "나리, 그럴 필요 없습니다. 제가 바로 불쌍한 짐플리치우스입니다. 비트슈토크에서 구해 준 것에 감사드릴 뿐 아니라 내 의지와는 상관없는 보초병 신세에서 나를 다시 구해 줄 것을 부탁드리기 위해 지금 왔습니다." 그는 내 변명을 듣지도 않고 나를 기꺼이 도우려는 듯 포옹을 했다. 간단히 말하자면 그는 한 신실한 친구가 할 수 있는 모든 일을 다 할 것 같았다. 그는 내게 이 요새에서 어떻게 지내며 어쩌다 그런 근무를 하게 되었는지를 물었다.

그는 하인을 유대인에게 보내어 내 말과 옷을 사도록 했다. 그사이 나는 그에게 그동안 어떻게 지냈으며, 그의 아버지가 마그데부르크에서 돌아가신 것도 알렸다. 내가 조스트의 사냥꾼이었다는 사실을 들었을 때 (그는 군인들

사이의 용맹담 가운데 그것을 자주 들었다) 그는 그런 것을 일찍 알지 못했음을 한탄했다. 전에 알았더라면 나를 중대로 데려오도록 도울 수 있었기 때문이다.

유대인이 수고해 가며 여러 가지 군복을 가지고 오자 그는 내게 제일 좋은 것으로 골라 입히고, 상관에게 데리고 가서 말했다. "각하, 각하의 주둔지에서 제가 지금 이 병사를 만났습니다. 그의 능력에 비해 어떤 공적도 세울 수 없는 낮은 위치에 그대로 있게 내버려 두지 않게 한 제 책임이 큽니다. 그래서 각하께 청컨대 제게 호의를 보여 그를 더 나은 곳에 보내거나 아니면 제가 각하의 군대에서 계속 있도록 그를 데리고 가게 허락해 주시기를 바랍니다." 상관은 그가 나를 칭찬하는 소리를 듣고 성호를 그으며 말했다. "나리, 그대에게 도움이 될 만큼 그 녀석이 가치가 있는지를 제가 생각하고 있음을 용서하시오. 나리께서 그렇게 생각하신다면 그렇게 하시오. 하지만 내 아래의 다른 사람을 요구하셨다면 제 호의를 알게 될 것입니다. 하지만 이 녀석에 관한 것이라면 본래 나와 상관이 없고, 녀석의 역할에 따라 경기병 관할에 속해 있습니다. 또한 그 녀석은 손쓸 수 없는 완전 놈팡이입니다. 그리고 그가 여기 온 이후로, 내 헌병에게는 중대 전체를 관리하는 것보다 일이 더 많아졌지요." 그는 웃으면서 이렇게 이야기를 끝냈고, 내게 야영지에서 행운을 빌었다.

헤르츠브루더는 이것만 가지고는 충분하지 않은지 상관에게 또 나를 자기 식탁에서 함께 식사하는 것에 반대하지 않기를 부탁해 허락을 받았다. 그는 마지막으로 내가 있는 자리에서 상관에게 베스트팔렌의 그라프 폰 데어 발[77] 장군과 조스트 사령관이 나누던 이야기 가운데 나에 관한 것을 들었노라고 말했다. 그가 나에 관해 늘어놓은 이런 칭찬으로 모든 청중이 나를 훌륭한 군인으로 생각했다. 이때 나는 아주 겸손해져 그전에 나를 알던 상관과 그의 부하들은 내가 다른 옷을 입고 완전히 다른 사람이 되어 버렸다는 것 외에는 달리 생각할 수가 없었다. 이런 일이 있은 후 상관은 내가 어디서 의사라는 명칭을 받았는지 알고 싶어 했다. 나는 그에게 파리에서 필립스부르크로 갔던 긴 여행에 대해 그리고 먹을 것을 얻으려고 얼마나 많은 농부들을 속였는지도 이야기해 주었다.

이런 이야기에 모인 사람들이 크게 웃었다.

77) 그라프 폰 데어 발 : 요하임 크리스티안 그라프 폰 데어 발(Joachim Christian Graf von der Wahl). 1590~1644. 바이에른의 육군 대장.

13장

헤르츠브루더는 짐플리치우스를 그의 연대에 받아들이고 가능한 한 곧 그를 사령부 소재지로 보내 주기로 약속했다.

짐플리치우스가 자신의 실수로 말 두 마리를 죽게 했을 때 그는 메로데 형제 도당[78]에 들어갔다. 이 무리는 전쟁이 낳은 특수 도당이었다. 그들은 아픈 사람, 건강한 사람, 다친 사람 등 다양한 무리로 이뤄졌다. 대개 질서를 이탈하여 꾸물거리거나 연대 야영지에 숙소가 없는 사람을 메르데 도당이라 부르기도 했다. 여기 속한 소년들을 일컬어 '윙윙이' 또는 '붕붕이'라고 불렀다. 벌이 독침을 잃으면 더 이상 꿀을 만들지 못하듯, 이들은 그저 먹을 줄만 아는 무리로 마치 거대한 통에서 붕붕거리는 것 같았기 때문이다. 한 병사가 말이나 건강을 잃었을 때 혹은 처자식이 아프거나 하면 이미 반은 메로데 도당으로 집시와 별반 다를 바 없는 불량배가 된다. 자기 뜻대로 도당이 되는 것이

78) 메로데 형제(Merode brüder) 도당 : 메로데라는 이름은 1635년 폭동을 일으켜 나라 전체를 약탈했던 스웨덴 장교 베르너 폰 메로데와 관련된 듯하다.

아니라 관행과 습관에 따라 되는 것이기 때문이다. 대체로 떼를 지어 (겨울의 자고새처럼) 울타리 뒤나 그늘에서, 때로는 햇볕을 쬐거나 혹은 불 앞에 누워 있거나 담배를 빨거나 빈둥거리는 것을 볼 수 있다.

그사이 다른 곳의 정식 부대에서는 정규 군인이 뜨거움, 목마름, 배고픔, 서리와 여러 가지 힘든 상황을 견뎌 내고 있다. 몇몇 불쌍한 군인들이 지쳐서 그들의 무기 아래로 쓰러지는 그 자리에서, 메로데 도당 한 무리가 행진하는 부대 곁에 다가와 좀도적질을 한다. 그들은 부대 앞뒤 좌우 닥치는 대로 도적질하고, 만족하지 못하면 군인들의 숙소나 진영을 마실 물까지 없을 정도로 망쳐 놓는다. 그들이 짐 더미라도 보면 사태는 더 심각하다. 그런고로 군대보다 이 무리가 더 강해 보인다. 그들은 한패로 행진하고, 숙박하고, 야영하고 구걸한다. 그들에겐 지휘하는 헌병이 없고, 그들의 윗도리를 털어 내는 상사도 없고, 감시하는 분대장도 없고, 패거리 감시를 떠올리는 북소리 즉 귀영 신호를 알리는 고수(鼓手)도 없다.

군대에서 식량이 배급될 때, 세운 공이 없는데도 이들은 맨 먼저 자기들 몫을 챙긴다. 이들에게 제일 귀찮은 존재는 헌병과 형 집행자들이다. 그들은 이 무리들이 너무 어지럽게 굴면 이따금 쇠로 된 '은팔찌'를 손과 발에 채우기도 하고 또는 목에 삼베 깃을 단다.[79] 최악은 목매달아

버리는 것이다.

그들은 보초도 서지 않고, 보루를 쌓는 일도 없고, 한꺼번에 돌격하는 일도 없다. 어떠한 전투 규정도 없지만 그래도 먹고산다! 만약 시골뜨기들이나 부대가 이런 불량배 떼거지를 만나면 그 손해는 이루 말할 수 없이 커진다. 이 무리에 짐플리치우스도 끼어 있었다. 하지만 그는 이곳에 길들기도 전에 스웨덴 연합군의 약탈 행렬 가운데서 체포되었다.

79) 보통 깃은 면이나 부드러운 천으로 만드는데 삼베는 아주 거칠어 목에 상처를 준다. 일종의 처벌인 것 같다.

14장

스웨덴 군기 아래서 그는 리프슈타트와 아내를 생각하기 시작했다. 그는 장인과 연락이 닿아 통행증을 얻어 리프슈타트를 방문하도록 허가받았다. 여행 중 짐플리치우스는 산적에게 습격당했지만 산적을 상대로 거뜬히 자신을 방어할 수 있었기에 그 산적 패거리에게 초대를 받게 되었다.

15장

경솔하게 자신의 목숨까지 바치는 과감한 군인은 아마 어리석은 염소일 것이다!

남자들 수천 명 가운데 강도·살인자로 그를 습격한 놈의 손님이 되어 알지 못하는 장소로 함께 가는 사람은 한 명도 없을 것이다. 나는 같이 길을 가면서 그에게 어떤 민족이냐고 물었다. 이 질문에 그는 지금 섬기는 왕이 없고 자기 자신을 챙긴다고 대답하면서 나에게 어떤 민족인지 물었다. 나는 바이마르 사람인데 전혀 나라를 떠난 것 같지 않고 집으로 가는 기분이라고 말했다. 이어 내 이름이 무엇인지도 물었다. 짐플리치우스라고 대답했을 때 그는 돌아서서 (나는 그를 믿을 수 없어 그에게 앞서 걷도록 했다) 내 얼굴을 빤히 쳐다보았다. "짐플리치우스라고?" "그렇소"라고 대답하고 "이름을 속인다면 나쁜 놈이지. 댁 이름은 뭐요?"라고 물었다. 그가 대답하기를 "댁이 마그데부르크에서 알게 된 올리비에요." 그는 막대기를 내던지며 무릎을 꿇고 나를 나쁘게 생각해서 미안하다고 용서를 빌었다. 노인 헤르츠브루더가 죽은 후 내가 그의 죽음에 그토록 용감하게 복수하려고 했기 때문에 나보다 더 좋은 친구는 세상에 없을 것으로 생각했다고 말했다. 반대로 나는 이런 기이한 만남에 놀랐다. 그는 덧붙여 말했다. “아무것도 새삼스러운 것은 없소. 산과 골짜기는 함께 모여 있지는 않소. 하지만 우리 두 사람이 아주 변해 버린 것이 이상해. 나는 군대 비서에서 산적이 되었고 당신은 바보 광대에서 이토록 용감한 군인이 되었지 않소! 형제여, 확실한 것은 만약 우리들 같은 사람이 만 명만 있다면 우리는 내일 포위망을 풀고 스스로를 마침내 온 세상의 지배자로 만들 수 있는데.” […]

올리비에는 짐플리치우스를 한 농부의 오두막집으로 안내했다. 그곳을 주둔지로 정하고 농부 한 사람이 관리하게 했다. 올리비에는 그가 하는 일에 대해 설명했고, 짐플리치우스는 여러 가지 질문을 했다.

“형제여, 네가 붙잡히지 않는다 해도, 아주 불행해. 왜냐하면 항아리는 한 번 부서질 때까지 천천히 샘가로 가지.[80] 그런 식의 생활은 세상에서 아주 수치스러운 것이야. 나는 네가 이런 생활을 하면서 죽을 거라고는 생각하지 않아.”

“뭐라고?” 그는 말했다. “아주 수치스러운 것이라고? 용감한 짐플리치우스여, 나는 도적질이 지금 시대에 할 수

80) ‘천천히 망가진다’, ‘천천히 타락해 간다’는 뜻 같다.

있는 제일 고상한 일이라고 확신해! 말해 봐, 얼마나 많은 왕국과 제후국들이 완력을 행사하지 않고 재물을 약탈하는지를. 혹은 모든 지상의 왕이나 제후가 권력으로 얻은 수입을 즐긴다면 이것이 나쁘다고 어디에서 말하고 있는가? 내가 지금 하는 이 일보다 더 고상한 것이 있다면 말해 볼 수 있겠나? 많은 사람들이 살인이나 도둑질을 하다가 환형이나 교수형 또는 참수형을 당하지. 하지만 늘 가난하고 단순한 사람들이 도둑으로 교수형에 처해지는 사실을 보게나. 자네는 그런 일이 법에 따라 처리되었다고 생각할 것이야. 대체 자네는 상류 계급이 나라를 힘들게 했다고 재판을 통해 벌 받는 것을 어디서 본 적이나 있는가? 그보다 더한 것은 기독교적 사랑이라는 구실 아래 비밀리에 놀라운 기술을 사용하는 자 즉 고리대금업자도 처벌을 받지 않지. 그렇다면 공개적으로, 독일어를 잘 구사하면서 숨기거나 위선도 없이 내 일을 하는 내가 왜 처벌받아야 하는가? 짐플리치우스, 자네는 마키아벨리즘[81]을 아직 읽지 않았지. 나는 솔직한 심성을 가진 사람이며 내 행동을 자유롭게 공개적으로 드러내어 어떠한 망설임도 없

81) 마키아벨리즘 : 마키아벨리의 《군주론》을 말하는 듯하다. 《군주론》에는 권력을 획득하기 위해서는 수단과 방법을 가리지 않아야 한다는 정치권력의 원칙이 기술되어 있다.

이 살고자 하네. 나는 옛날 영웅들처럼 싸우고 내 인생을 위해 위험을 무릅쓴다고. 이런 행동이 위험하다는 것을 알면서도 그대로 해. 왜냐하면 나의 삶 자체 또한 위험하기 때문이지. 그래서 이 기술을 쓰는 것이 내게 맞기 때문에 거리낌 없이 하는 거야."

이 말에 나는 대답했다. "법, 도적과 절도가 자네에게 허락되었든 아니든 난 그것이 자연의 법칙에 위배된다고 생각해. 그래서 그런 안 좋은 일은 세상 법에도 어긋나는 거야. 그러니까 도둑이 목 잘리고 강도가 목 잘리고 살인자가 처형당하지. 결국은 제일 높으신 분, 하나님을 거역하는 것이지. 왜냐면 그는 어떠한 죄에도 벌을 면하지 않도록 하는 분이 아니시기 때문이지."

올리비에가 대답했다. "너는 마키아벨리즘을 아직 공부해 보지 못했어. 만약 내가 그런 방법으로 군주론을 내세운다면, 누가 누구에게 위배되는지 알고 싶네." 우리의 논쟁이 더해 가고 있을 때 농부가 음식과 음료를 가져왔기 때문에 우리는 함께 앉아 위장을 진정시키기로 했다.

16장

올리비에는 짐플리치우스와 친구이자 동업자로서 손을 잡았다. 그러나 짐플리치우스는 그를 신뢰하지 않고 한 가지 계획을 짰다. "도망칠 기회를 찾을 때까지는 올리비에에게 얹혀살면서 그를 속이자."

그가 나를 좋아하는 것 같아 일단 이렇게 말했다. "1주일 정도 머물면서 이런 방법으로 사는 것이 내게 맞는지 한번 시도해 보지." 올리비에는 만족해했다.

17장

정오가 되어 갈 무렵에 올리비에가 말했다. "짐플리치, 일어나. 자 그럼, 나가서 무엇을 얻을 수 있는지 보자." '오, 주여.' 나는 속으로 생각했다. '내가 당신의 거룩한 이름으로 도둑질하러 가야 됩니까?'

나는 은둔 생활에서 나온 후에 이런 종류의 사람이 다른 부류의 사람에게 무엇을 말할 때 태연하게 들을 만큼 그렇게 담이 크지 못하다. '나가자, 형제여, 자, 신의 이름으로 와인을 잔뜩 마시자.' 만약 누군가 하나님의 이름을 빙자하여 이렇게 술을 마신다면 나는 이 일로 두 배의 죄를 짓는 셈이 된다. '오, 하늘에 계신 아버지, 얼마나 내가 변했는지! 오, 신실하신 하나님, 내가 다시 회개하지 않으면 결국 나는 무엇이 될까요? 참회하지 않았기 때문에, 아, 제가 제대로 지옥으로 직행하지 않도록 해 주세요!' 이런 말을 마음에 품으면서 나는 아무도 없는 마을까지 올리비에를 따라 나섰다.

그는 밤에, 내게 주기로 약속한 양말과 구두를 이 마을에 숨겨 놓았고 그 외에도 빵 두 덩어리, 삶은 고기 몇 조각과 여드레 동안 먹을 수 있게 저장된 와인 반 통도 있었다. 내가 존경을 보내고 있는 사이 그는 좋은 목표물이 있는 것 같은 곳에선 신중해진다고 나에게 말했다. 마치 노략질할 장소를 수호신이 지키고 있지 않는 것 같아 안심하고 이곳에 물건을 놔둔다고 했다. 그는 여기에 저장품을 숨겨 두고, 만약의 경우를 위해 또 다른 몇 군데에도 식량을 놔두고 있다고 했다.

나는 그의 영리함을 칭찬은 하지만, 하나님께 봉헌한 성스러운 장소를 그렇게 더럽히는 것은 아름답지 못한 일이라고 그에게 이해시켰다. "무어라." 그가 말했다. "더럽힌다고? 솔직히 말하자면 네가 갔던 교회는 악습을 별 대수롭지 않게 받아들이지 않는가? 교회에 신앙심으로 드나드는 사람이 얼마나 된다고 생각하는가. 하나님께 예배드리려고 오는 사람은 외관상으로만 그렇지. 그들은 새로 마련한 옷, 아름다운 외모, 그들의 우월성과 그 밖에 기타 등등을 보이려고 오지 않는가? 어떤 사람은 공작처럼 교회에 와서 마치 성인의 발을 붙잡고 기도하려는 것처럼 제단 앞으로 가지. 다른 사람은 성경에 등장하는 세리(稅吏)[82]처럼 구석에서 한숨을 쉬고 있는데, 이 한숨 쉬는 사

82) 세리(稅吏) : 성경 누가복음 18장 9~14절에 유대인과 세리의 기도하는 장면이 기록되어 있다. 로마 편에 서서 자기 민족의 세금을 거둬들이는 세리는 유대인들에게 경멸을 받았다. 세리가 고회당에서 감히 유대인 곁에 서지도 못하고 떨어져 서서 "나는 죄인이로소이다"라고

람은 그의 연인을 바라보고 즐기기 위해 출석하는 거야. 다른 사람은 서류 뭉치를 들고 교회로 와. 마치 화재 이재민을 위한 세금을 거두는 것처럼 들어와서 기도하기보다는 납세자들에게 경고하고 있어. 만약 체납자가 교회로 오지 않을 것을 알았더라면, 그는 집에서 편하게 서류를 끼고 있었을 거야. 때로는 마을 어떤 단체의 지도층이 무엇을 공지하고자 하면, 일요일에 교회 주변에서 총회를 여는 일이 요즈음도 있지. 그래서 많은 농부들이 마치 불쌍한 죄인 하나가 법정 앞에서 불안해하는 것처럼 교회 앞에서 화를 내지. 그리고 칼, 교수대, 불과 수레로 형벌 받은 사람들이 교회에 더 묻혀 있다고 생각되지 않나? 그리고 많은 고리대금업자는 한 주 내내 갈취할 대상자를 생각할 시간이 없으면, 예배 시간 중에 교회에 앉아 어떻게 폭리를 취해야 할지 기록할 거야. 사람들은 예배와 설교 중 여기저기를 기웃거리다 교회를 결국 건축해야 할지에 대해 의논하려고 앉아 있기도 하지. 몇 사람은 저곳에 앉아 있거나 마치 임대한 것처럼 잠을 자기도 하지. 그 밖의 사람들은 험담하는 것 외에 달리 할 일이 없어 '아, 목사가 이 사람 저 사람에게 딱 맞는 설교를 해 주시는구나!'라고 말

기도하는 장면을 예수는 오히려 겸손한 기도의 예로 들고 있다.

하고 있지. 목사의 설교가 그들에게 별 의미가 없으면, 그들은 지도자를 헐뜯고 비난하고 싶어 하지. 교회에서 중매로 사랑 놀음이 시작되어 끝나는 이야기들은 다 해도 모자라지.

너는 사람들이 교회를 악덕으로 더럽힐 뿐만 아니라 죽은 후에도 허영과 쓸데없는 것들로 교회당을 채운다는 사실을 알아야 해. 교회에 가면 묘석과 비명을 보게 되는데, 위를 쳐다보면 많은 방패 · 투구 · 무기 · 대검 · 깃발 · 장화 · 박차 그 같은 것들이 있어. 부자들이 자신과 친척들의 위신을 세워 주려고 돈을 교회 주변에 묻는 것이 정당한 일인가? 반면에 가난한 사람은 – 아마 그런 부자들보다 더 기독교적이며, 혹 경건한 사람인지도 모를 – 아무것도 바칠 것이 없이, 바깥 구석진 곳에 파묻혀. 그런데도 왜 내게는 내 먹을 것을 교회를 통해 찾는 일이 금지되어야 하지?"

나는 올리비에에게 그런 일은 경솔한 사람 아니면 교회의 명예를 해치는 사람들이나 그렇고, 그래서 그들은 대가를 치렀을 것이라고 대답했다. 왜냐하면 이런 식으로 대답하지 않고는 그는 나를 믿지 않을 것이며 달갑지 않게 한 번 더 그와 다툴 것이기 때문에, 나는 그가 옳다고 해 두었다.

그다음 그는 비트슈토크에서 서로 헤어진 후 내가 어

떻게 지냈는지를 몹시 알고 싶어 하기에 말해 주었다. 그리고 그는 내가 마그데부르크에 왔을 때 왜 바보 광대 옷을 입고 있었는지 알고 싶어 했다. 하지만 내가 목이 아파 말할 흥미조차 없어 미안하다고 사과하자 이번에는 그가 그동안 살아온 자신의 포악한 삶을 이야기했다.

18장부터 23장까지

올리비에는 너무도 정직하게 자기 이야기를 했다. "일곱 살이 다 되기도 전에 내가 무엇이 되어 가고 있는지가 보였어. 그렇담 제때에 쏘는 쐐기풀이 돼야지. 어떤 악동도 나보다는 덜했을 거야. 나는 못된 짓 하는 것을 그치지 않았고 아버지 어머니도 이것에 대해 벌하지 않았지." — 짐플리치우스는 아주 악한 놈의 삶을 알게 되었다.

드디어 그는 그가 붙잡아 굴욕을 주었던 '조스트의 사냥꾼'의 라이벌이 바로 올리비에였음을 알고 재미있어 했다. 올리비에는 그것에 대해 변명하면서 방어했다. 이후 그들은 첫 습격에서 꽤 많이 건졌다.

24장

올리비에는 새 동료를 신뢰해 돈을 보관하는 것에 관한 조언을 구했다. 짐플리치우스는 각자의 속바지 속에 돈을 넣고 꿰매어 속옷 아래 입게 했다. 이렇게 한 다음 그들은 돈을 챙겨 숙소로 갔다.

그날 밤 우리는 거나하게 먹은 후 난롯가에서 몸을 말렸다. 날이 샌 후 한 시간 정도 지났을 때 우리들이 잘못 본 것인지, 소총병 6명이 하사 한 사람과 함께 화승총을 손에 들고 조준하며 방문을 걷어차고 들어와 소리 질렀다. "체포한다!" 그러나 올리비에는 몇 발의 총알로 대답했고 두 명이 바닥에 쓰러졌다. 나는 셋째 놈을 쓰러뜨렸고, 넷째 놈은 내가 쏜 총알에 다쳤다. 이때 올리비에는 단단한 칼로 그놈의 머리를 문질러 버렸다. 그는 다섯째 놈을 어깨에서부터 배까지 칼로 베었다. 창자가 튀어나왔다.

그사이 나는 총구를 돌려 여섯째 놈 머리를 쳐 네 명 모두 뻗게 했다. 올리비에는 일곱째 놈을 머리가 깨지도록 치긴 했으나, 내가 다시 그놈을 동료들의 죽음 대열에 합류하도록 처리했다. 내가 첫 사격으로 방어했던, 가장 심하게 다친 놈은 내가 그를 올리비에의 칼집 쪽으로 보내려 하는 것을 보고는 사냥에 나선 악마를 본 듯 무기를 버리고 달아나기 시작했다. 이 싸움은 주기도문 외우는 시간보다도 오래 걸리지 않았고, 이 짧은 시간 동안 씩씩한 군인 여섯 명을 무덤으로 보냈다.

나는 이 방면에 완전한 전문가로서 올리비에가 아직 숨을 쉬고 있는지를 보았다. 그가 혼쭐이 빠진 것처럼 보였기 때문에 이 죽은 몸에 필요도 없는 많은 돈을 맡긴다는 것이 불합리하다는 생각이 순간 들었다. 그래서 내가 어제 만들어 주었던 그의 금색 모피를 벗기고 그의 목을 쳐 다른 사람들이 있는 쪽으로 눕혔다. 나는 내 총의 총구를 부순 후 올리비에의 소총과 칼을 챙겼다. 이 모든 위급한 상황에서 나를 지킨 후 오두막을 나와서 길을 떠나려고 했을 때 우리 농부가 이 광경을 보고 나를 따라올 것이라는 생각이 들었다. 나는 농부를 기다리려고 길가에 앉아 앞으로 무엇을 해야 할지를 생각해 봤다.

25장

올리비에에게 숙소를 제공했던 농부더러 짐플리치우스는 자신을 필링겐으로 안내하도록 강요했다. 그곳으로 가서 그는 여러 가지 거짓말로 황제 휘하 군 사령관의 신임을 얻는 데 성공해 통행증을 받게 되었다. 그는 이런 성공에 만족해 여인숙에서 느긋하게 쉬면서 그의 미래를, 특히나 리프슈타트에 갈 기회를 골똘히 생각하고 있었다.

내가 생각에 잠겨 있을 때 한 남자가 실내로 들어왔다. 그 남자는 손에 지팡이를 쥐고 있었고 머리는 다쳤고, 팔에는 붕대가 감겨 있었다. 옷은 너무 남루해 한 푼도 주고 싶지 않을 정도였다. 여인숙의 하인이 그를 보자 곧 쫓아내려 했다. 너무 냄새가 났고 슈바벤의 온 들판을 차지할 만큼 이가 득실거렸기 때문이다. 하지만 그는 간청을 했고, 다른 사람들도 좀 봐주라고 했으나 별 소용없었다. 나도 그가 불쌍해 난로 곁으로 오게 했다. 그는 한없이 그리고 깊은 생각에 잠겨 나를 쳐다보았고 몇 번 한숨을 쉬었다. 내게 구운 고기를 가져다주려고 하인이 자리를 떴을 때, 그는 내 식탁 쪽으로 와 몇 푼 안 되는 오지항아리를 내 손에 건넸다. 나는 '이 사람이 왜 이럴까' 생각하다가 그가 무얼 좀 청하기도 전에 찻주전자를 들어 그의 용기 가득 부어 주었다. “아 이 친구가.” 그가 말했다. “헤르츠브루더의 이름으로 먹을 것을 주어야지!” 그가 이 말을 했을 때 내 폐부를 찌르는 무엇이 있었다. 그가 헤르츠브루더임을 알았을 때, 너무 가련한 그의 상태를 보고 나는 거의 기절할 뻔했다. 하지만 나는 정신을 가다듬고, 그의 목을 안고 내 옆에 앉게 했다. 나는 연민으로, 그는 기쁨으로, 우리는 눈물을 흘렸다.

26장

이제 그는 친구 헤르츠브루더를 돌보았다. 전쟁에서 패한 후 그의 상관인 괴츠 장군은 황제의 은총을 잃게 되었고, 그 역시 그렇고 그렇게 계속 내리막길로 치닫게 되었다는 사실을 짐플리치우스는 알게 되었다.

제5권

1장

헤르츠브루더가 치료를 받은 후 두 사람은 은둔지로 순례 여행을 떠났다. 꼭 함께 순례길에 오를 필요를 못 느낀 짐플리치우스는 여행 구두 속에 깔아 놓은 단단한 완두콩을 바로 요리해서 먹어 버렸다. 이것으로 그는 몸이 가벼워졌지만, 이 일은 헤르츠브루더에게 짐플리치우스가 급히 고백성사를 해야 될지를 실로 생각해 보게끔 했다.

이때부터 나는 마치 교수대에 끌려가는 것처럼 슬프게 그를 따라가고 있었다. 양심이 나를 괴롭히기 시작하였다. 여러 생각에 잠겨 보니 내가 이전에 저지른 모든 나쁜 일들이 눈앞에 보였다. 이 순간 나는 숲에서 보냈던 순결한 삶을 잃어버렸다는 것, 그리고 세상에서 장난치며 보낸 것에 비로소 통탄했다. 내가 더욱더 한탄스러운 것은 헤르츠브루더가 더 이상 나와 이야기를 하지 않는 것이었다. 그는 마치 나에 대한 심판을 알고서 나에 대해 통탄스러워하는 것 같았고 달리 어쩔 도리가 없다는 듯 한숨만 쉬며 나를 쳐다보는 것이었다.

2장

이런 모습으로 우리는 은둔지에 도착해 교회에 들어갔다. 그곳에는 신부가 귀신 들린 한 사람을 치료하고 있었다. 이 새로운 장면에 호기심이 일어났다. 그래서 나는 헤르츠브루더에게 그가 하고 싶은 만큼 기도하게 하고, 이 광경을 보려고 들어갔다. 그러나 내가 그 근처에 가기도 전에 이 불쌍한 남자의 몸에 들어 있는 사악한 영이 소리 질렀다. "오, 네 이놈, 우박이 너를 이리로 가라고 때리던? 나는 내 귀향길에서 너를 우리 지옥의 집 올리비에 곁에서 만날 것이라고 생각했는데, 이곳에서 보는구나. 네 이놈, 간음하는 살인자요 창기들의 사냥꾼인 네놈이 우리에게서 도망칠 수 있을까? 오, 신부님, 그를 받아들이지 마시오. 그는 위선자이며 나보다 더 심한 사기꾼입니다. 그는 자기 자신을 놀리고 신과 종교를 조롱하는 놈이지요!" 신부는 이 영에게 조용히 할 것을 명했다. 그렇지 않아도 신부는 그를 믿지 않았다. "예, 그렇군요"라고 말하며 그는 계속 소리쳤다. "이 사실을 함께 온 그의 여행 동무에게 물어보시오. 그 사람은 이 무신론자가 이곳에 오기로 약속하고 오는 길에 콩을 요리해 먹은 것을 말할 수 있을 것이오." 나는 무서워 어떻게 제대로 몸을 가누고 서 있었는지 몰랐다. 그러나 사제는 귀신을 벌주면서 조용히 입 다물게 했다. 하지만 신부는 이날 귀신을 추방할 수 없었다.

그사이 헤르츠브루더도 이곳에 왔는데, 그는 내가 공포로 죽은 사람처럼 된 것, 그리고 내가 희망과 두려움 사이에서 어쩔 줄 몰라 하는 것을 보았다. 그는 할 수 있는 한 나를 위로해 주었고, 그 외에도 둘러선 주위 사람들에게 나를 보증해 주었다. 그리고 특별히 신부에게 내가 수도사가 된 적이 없었으며, 아마 선한 일보다 나쁜 일을 더 했을지도 모를 평범한 사람이라고 말해 주었다. 덧붙여 악마 자신이 그렇게 했을지도 모를 완두콩 사건에 대해 화를 부추기는 악마가 오히려 사기꾼일 것이라고 말해 주었다. 하지만 신부가 나를 진정 위로하는 것 자체가 내게는 지옥 같아 내 마음은 그만큼 혼란스러웠다. 사람들은 내게 고백성사를 하고 성찬식에 참석하도록 했다. 그러자 귀신 들린 사람이 소리쳤다. “그래, 그래, 그놈이 잘도 고백성사를 하겠다. 그놈은 고백성사가 무엇인지조차 알 리가 없지. 그런 놈과 더불어 당신들은 무엇을 어떻게 하겠다는 것인가? 그는 이단이며, 우리들 소속이야. 그의 부모는 칼뱅파[83]가 아니라 세례파[84]였지” 등의 말로 소리 지

83) 칼뱅파 : 종교개혁가 칼뱅이 주창한 복음주의 신앙을 따르는 무리.

84) 세례파 : 16세기 종교개혁 당시 급진적인 개혁을 추종한 개신교

를 때 신부는 그에게 조용히 하라고 명령하면서 말했다. "네가 잃어버린 양을 다시 지옥의 심연으로 이끌려고 하면, 네 상태는 더 나빠지겠지만 그는 기독교인들과 한 몸을 이룰 것이다." 이에 귀신이 더 무섭게 소름 끼치도록 울부짖었다. 그러나 그런 공포심을 주는 고함 소리에서 나는 큰 위로를 받았다. 만약 내가 신의 은총에 더 이상 도달할 수 없었다면, 악마가 저렇게 사악하게 난리를 치지 않을 것이라고 생각했다.

비록 내가 당시는 고백성사를 할 각오가 되어 있지 않았고 내가 사는 날까지 결코 고백성사를 받겠다는 생각을 안 해 본 것은 아니지만, 그때마다 나는 십자가 앞에 선 악마처럼 수치로 두려워했다. 그 순간 나는 죄지은 것에 대해 후회를 느꼈고, 고백성사에 대한 갈망과 아울러 내 삶을 개선하기 위해 신부를 갈급하게 찾았다. 나의 이런 돌연한 참회와 개선 의지에 헤르츠브루더는 정말 기뻐했다. 내가 지금까지 어떠한 종교에도 입문하지 않았던 것을 잘 알기 때문에 이런 내 마음이 진심이라고 생각했다.

이제 나는 가톨릭교회에 공식적으로 스스로를 소개해 고백성사를 했고 용서받은 자로 성찬식에 참석했다. 이에

종파.

말로 표현할 수 없을 정도로 내 마음이 가벼워졌다. 그리고 놀라웠던 것은 귀신 들린 자가 이제 나를 가만히 내버려 둔다는 것이었다.

내가 개종한 것에 대해 우리 모두는 하나님께 감사드렸고 기적이 일어나는 것을 목격한 이 은혜르운 장소에서 14일을 머물렀다. 이곳은 명상과 신의 축복으로 나를 매혹시킨 곳이었다. 하지만 그만큼의 기간 동안만 지속되었다. 그러고선 곧 나의 개종이 신에 대한 사랑에서 나온 것이 아니었기에 겁과 두려움으로 이제는 지겨워졌다. 그래서 나는 다시 점점 미지근해지고 완전히 나태해졌다. 왜냐하면 사악한 원수가 나를 포획했던 충격에 대한 기억이 점점 잊혀 갔기 때문이었다.

우리들은 성인들의 유물과, 교회 장식품, 그 밖에 다른 볼거리를 본 후 겨울 추위에 완전히 얼어붙은 바덴[85]으로 길을 떠났다.

85) 바덴(Baden) : 스위스 아르가우 주에 있는 온천장.

3장부터 4장까지

그들은 이 온천지에서 겨울을 났다. 짐플리치우스는 부인에게 보낸 편지의 답장을 기다리고 있었다. 싫증이 날 정도로 기다리다가 결국 연초에 빈으로 갈 헤르츠브루더와 같이 떠날 생각을 했다. 짐플리치우스는 당시 조스트의 사냥꾼으로서 빈에 입성했고, 다시 황제 휘하 군대에서 근무하며 대위 계급을 받았다. 바로 연이은 전투에서 짐플리치우스와 헤르츠브루더는 부상을 당했다. 의사는 헤르츠브루더에게 슈바르츠발트[86]의 그리스바흐[87] 탄산천 요양을 권했다. 부상 정도가 가벼운 짐플리치우스는 친구를 따라가기 위해 부대 근무를 그만두었다.

86) 슈바르츠발트(Schwarzwald) : 흑림. 독일 서남부에 있는 고원 산지.

87) 그리스바흐(Grießbach) : 슈바르츠발트에 있는 요양지.

5장

짐플리치우스와 헤르츠브루더는 슈바르츠발트를 여행했다. 헤르츠브루더가 별 효과 없는 요양을 받고 있는 동안, 짐플리치우스는 부인을 만나러 길을 떠났다. 그는 쾰른에서 여장을 풀었다.

그전에 앞서 나는 남겨 둔 재산 문제에 대한 상황을 알아보려고 전에 나를 가니메드라고 불렀던 주피터를 만나러 갔다. 그러나 그는 여전히 보통 사람의 도를 넘는 대단한 꼴통이 되어 있어 만남이 썩 내키지는 않았다. 그는 나를 보자마자 "오, 메르쿠리[88]"라 부르며 말했다. "그대는 뮌스터[89]의 새로운 소식을 가져왔는고? 인간들이 내 뜻

88) 메르쿠리(Mercuriu) : 메르쿠르(Merkur) 혹은 메르쿠리우스(Mercurius)의 애칭으로 부른 것 같다. 로마신화에서 메르쿠리우스는 신들의 사자이자 상업의 신이기도 하다. 전쟁과 평화를 늘 의식하고 있는 주피터가 사자(전령) 복장을 하고 있는 짐플리치우스를 보고 이렇게 부른 것 같다.

89) 뮌스터(Münster) : 독일 중부 지방의 도시. 본문의 '소식'이란 1648년 뮌스터에서 이뤄진 평화협약을 말한다. 30년 전쟁을 종결짓는 협약이었다.

없이도 평화롭다고 생각하던가? 결코 아니지! 그들은 내 뜻을 알고 있는데, 왜 그것을 행하지 않는가? 전쟁을 보내도록 그들이 나를 부추겼을 때, 세상은 온갖 악행으로 요동치지 않던가? 내가 그들에게 다시 평화를 보내 줄 만큼 그들은 그 후 공을 쌓았는가? 그들은 그 이후 개종했는가? 그들은 다시 악독해졌으며, 키르메스90)에 가는 사람처럼 저절로 전쟁 속으로 휘말려 들어가지 않았는가? 혹 수천의 굶주린 영혼들이 내가 보낸 슬픔으로 인해 개종하지 않았는지, 아니면 그들이 스스로를 참혹한 죽음에 내맡기고 있지나 않은지? 아니야, 아니, 메르쿠리, 비참한 고통을 그들 눈으로 보았던 살아남은 자들은 개선되지도 않았고, 그전보다 더 악독해졌지! 강한 귀향 본능으로 그들은 개종되지 않았고, 무거운 십자가와 암울함 가운데 타락한 삶을 멈추지 않아. 내가 그들에게 쾌락적인 황금을 다시 보낸다면 그들은 우선 무엇을 할 것 같은가?"

사람들이 이 남자를 제대로 알게 된다면 소위 신이라는 이 남자는 멱살잡이 당할 것을 알기에 내가 말 상대를 해 주었다. "아, 위대하신 신이여, 전 세계가 평화를 원하며 한숨 쉬고 있소. 그리고 위대한 개선책에 대해서도 말

90) 키르메스(Kirmess, Kirmeß) : 종교적 의식에서 유래된 민속축제의 하나.

하고 있는데, 왜 그대는 그들에게 이토록 오랫동안 침묵하는 것이오?"

주피터가 대답했다. "그래, 그들은 한숨 쉬고 있지. 그러나 그건 나 때문이 아니오. 사람들이 포도나무와 무화과나무 아래서 신을 찬송하지 않고, 이 고상한 열매르 잘 안식하고 쾌락으로 즐기고만 싶어 하는 그들 자신의 문제 때문이지. 이봐, 메르쿠리, 그러니 내가 무엇 때문에 그들에게 평화를 줘야 하는가? 몇몇 사람은 평화를 원하기도 하지. 그들 자신의 배를 채우고 정욕을 탐하기 위해서 말이야. 반대로 전쟁을 하려는 사람은 내 뜻에 따른 것이 아니라, 전쟁이 그들에게 이익을 가져다주기 때문에 그러는 것이지. 평화를 원하는 그런 사람들과 마찬가지로 미장이와 목수들도 평화의 시대를 원하고 있지. 평화가 오면 그들은 잿더미가 된 집들의 건축 공사로 돈을 벌 수 있지. 다른 사람들, 즉 평화 시에는 손으로 일해 식량을 얻을 수 없는 사람들은 전쟁 때는 훔칠 수가 있기 때문에 전쟁이 계속되기를 원하고 있지." [···]

짐플리치우스는 이런 정신없는 사람에게서 자기 가족과 재산에 대한 이야기를 제대로 들을 수 없어 리프슈타트로 가서 옷을 갈아입고 장인어른을 찾아뵈었다. 아내는 아들을 해산할 때 죽었으며 쾰른의 재산도 아들에게 벌써 넘어갔다는 사실을 알았다. 전반적으로 자신에 관해 썩 좋은 말들을 듣지 못했다. 그는 아들을 한 번 본 후 소리 없이 그곳을 떠났다.

6장부터 7장까지

짐플리치우스가 그리스바흐로 돌아왔을 때, 헤르츠브루더는 몸 상태가 아주 좋지 않았다. 이런 일에도 상관없이 그는 온천지에서 쾌락적이고 게으른 생활을 하는 것을 방해받지 않았다.

헤르츠브루더가 죽은 후 짐플리치우스는 상실감으로 외부와 연락을 끊은 채 혼자 지냈다. 하지만 한 가지 계획이 있었다. 그는 한 농부의 예쁜 딸을 사귀었고 그녀 없이는 살 수 없게 됐다.

8장

이제 그는 온천장 주변에서 번 돈으로 농가 한 채를 사서 많이 생각해 보지도 않고 결혼했다. 그러나 부인이 멍청하고 게으르다는 것에 심한 충격을 받은 그는 집에는 잘 가지 않고 대신 온천장에서 손님들과 즐겼다.

언젠가 나는 멋쟁이 손님 몇 사람과 우리 온천장에서 개최하는 모임에 가기 위해 산책 삼아 골짜기 아래로 내려왔다. 여기서 우리는 밧줄로 맨 염소 한 마리를 팔려고 끌고 온 나이 많은 농부를 만났다. 나는 이 사람을 본 적이 많은 것 같아 염소를 가지고 어디서 왔는지 물었다. 농부는 모자를 벗으며 말했다. "나리, 사실을 말할 수는 없는데요." 나는 말했다. "댁이 염소를 훔친 것은 아니겠지?" "훔친 게 아니라" 농부가 말했다. "골짜기 아래 작은 동네에서 염소를 가져왔지만, 저희들이 지금 염소에 대해서만 이야기하기 때문에 나리께 동네 이름은 댈 수가 없는데요." 이 말에 손님들이 웃었고 내 얼굴은 창백해졌다. 그들은 이 농부가 제대로 나를 한 방 먹여 내가 불쾌해하거나 아니면 부끄러워한다고 생각했다. 그러나 나는 딴생각을 하고 있었다. 농부의 이마 가운데 외뿔처럼 검은 사마귀가

나 있었던 것이다. 슈페사르트의 크난이 틀림없다고 확신했다. 그에게 나를 알리고 내 옷차림으로 보아 아주 세련된 아들을 보고 크난이 기뻐하기 전에 먼저 점쟁이처럼 행동하고 싶어 말을 꺼냈다. "어르신, 어르신 댁이 슈페사르트 아닌가요?" "그렇죠, 나리." 농부가 대답했다. 이에 내가 물었다. "18년 전쯤 군인들이 댁의 집과 뜰을 망치고 불태우지 않았나요?"

"그렇지요. 오, 맙소사." 농부는 대답했다. "아주 오래 전은 아니었지요."

나는 계속 물었다. "어르신은 당시에 자녀 둘, 즉 다 큰 딸과 양을 치던 어린 사내아이가 있지 않았나요?"

"나리." 크난이 대답했다. "딸은 제 자식이 맞지만 사내아이는 아니었죠. 나는 그 아이를 내 자식처럼 키우려고 했지요."

이 말에서 내가 이 우악스러운 바보의 아들이 아니란 것을 알게 되어 한편으로는 기뻤지만, 반대로 사생아이거나 버려진 아이일 수도 있어서 우울했다. 그래서 크난에게 물었다. "어디서 그 사내아이를 발견했나요?" 이어서 또 물었다. "왜 그 아이를 당신 자식처럼 키울 생각을 했나요?"

"아." 그가 말했다. "그 아이와는 참 이상한 인연이죠. 전쟁이 나에게 그 아이를 주었고, 전쟁이 다시 그를 내게

서 빼앗아 갔어요."

출생에 관한 이야기는 내게 불리할 것 같아 이쯤에서 이야기를 끝내기로 했다. 나는 다시 이야기를 염소로 돌려, 염소를 주방의 요리사에게 팔 것인지 물었다. 이렇게 묻는 것은 좀 어색했다. 왜냐하면 온천장 손님들은 늙은 염소 고기를 먹지 않기 때문이었다. "곤란한데요, 나리." 농부가 대답했다. "주방 여주인은 염소를 충분히 가지고 있으니 상관없을 것입니다. 이 염소는 온천에서 목욕하는 백작부인에게 가지고 가는 겁니다. 그리고 담당 의사가 염소 먹이로 몇 가지 약초를 모아 정리해 놓았죠. 염소는 이것을 먹고 우유를 만드는데, 의사가 이것을 가져다 부인을 위해 약을 만들고 부인은 이 우유를 마시고 다시 건강해집니다. 백작부인의 장이 약하다고 말합디다. 이 암염소가 부인에게 도움이 된다면, 그녀는 의사 · 약사보다 염소를 더 많이 사려고 할지도 모르겠습니다." 여차여차 이런 것을 이야기하는 동안, 나는 어떻게 이 농부와 이야기를 더 할 수 있을지를 생각했다. 그래서 나는 의사나 백작보다 값을 더 많이 내고 염소를 사고자 했다. 그는 조건을 걸고 이 제안을 받아들였다. 그는 먼저 백작부인에게 내가 1탈러를 더 지불하고자 한다고 알려야 하며, 백작부인이 내가 주는 것보다 더 많이 주려고 하면 그녀에게 먼저 팔고 그렇지 않으면 내게 팔기로 했다. 이렇게 협상이 되었을 때 밤이 되었다.

이제 내 아버지 크난은 그의 길을 갔고, 나도 내 손님들과 우리 갈 길을 갔다. 하지만 나는 사무실에 오래 머물고 싶지 않아 몸을 돌려 크난을 찾아 다시 그 장소로 갔다. 내가 지불하려는 것보다 다른 사람들은 더 많이 주지 않으려 했기 때문에 그는 아직 염소를 가지고 있었다. 부자들은 인색하지 않을 것 같은데, 이런 것에 인색한 그런 부자들이 있다고 하니 좀 놀랐다. 나는 그를 새로 사들인 집터로 데리고 가서 염소값을 줬다. 그리고 그를 거나하게 취하게 한 다음, 오늘 우리가 말했던 사내아이에 대해 물었다.

그가 말했다. "아, 만스펠트 전투[91)]가 그 아이를 내게 선물했고, 뇌르틀링겐 전투가 그 아이를 다시 데려갔죠." "그건 아주 재밌는 이야기일 것 같은데"라고 나는 말했다. 우리는 그 밖에는 달리 이야기할 게 없었기 때문에 말해 달라고 부탁했다. 그는 이야기가 길어질 것 같다고 하면서 말하기 시작했다. "획스트에서 만스펠트의 군대가 패했을 때, 도망하는 사람들은 어디로 퇴각해야 될지 몰라 이리저리 흩어졌지요. 많은 군인들이 몸 숨길 곳을 찾아 슈페사르트로 왔죠. 그들은 평지에서 적을 놓치면 산에서

91) 만스펠트 전투 : 만스펠트 총사령관이 1622년 비스로흐(Wiesloch) 근처에서 틸리 장군의 부대를 공격했다.

적들을 찾아냈지요. 이 두 곳이 서로 땅을 파고 묻고 학살하기에 적당하다고 생각했기 때문이죠. 우리도 그들을 공격했지요. 우리 집에서 치고 박고 하니, 당시 농부가 총을 가지지 않고서 숲에 가는 일은 드문 일이었지요. 우리 집에서 멀지 않은 숲에서 총성 몇 발이 나기에 한번 가 봤죠. 아름답고 젊은 귀부인이 멋진 말과 함께 있는 것을 보았어요. 처음에 나는 그 여자가 남장을 한 채 말을 타고 있었기 때문에 남자로 알았죠. 손과 눈을 하늘로 향한 채 '하나님 불쌍히 여기소서'라고 이탈리아어로 부르짖었어요. 나는 그녀를 향해 겨누었던 총구를 내렸어요. 비명 소리나 태도로 보니 아주 제정신이 아니더군요. 우리는 서로 가까이 접근했고, 그녀가 나를 보고는 이렇게 말하더군요.

'아, 그대가 진실한 기독교인이라면, 하나님의 자비를 부탁드립니다. 우리가 할 일과 하지 말았어야 할 일을 문책 받는 마지막 때를 위해서라도 그대는 주의 도움으로 내가 육체의 짐에서 해방되도록 진심으로 인도해 주세요!'

고상한 발음으로 한 이 말을 나는 아주 잘 기억하고 있죠. 약간 혼란스러워 보였으나 너무도 아름답고 우아한 부인의 자태에 저는 솔선수범해 그녀의 말고삐를 잡아 줬죠. 그만큼 동정심을 유발했어요. 내 처자식과 하녀들과 염소들이 피신해 버렸기 때문에 나는 그녀를 울타리와 관목 사이를 지나 덤불이 빽빽이 우거진 곳으로 데려갔지요. 그곳에서 그녀는 반 시간도 채 안 되어 아이를 낳았지요. 우리가 오늘 이야기했던 바로 그 사내아이요."

여기서 크난은 잔을 들이켜느라 이야기를 끊었다. 그가 잔을 비운 후 나는 호의적으로 물었다. '그 후 여자는 어떻게 되었지요?"

그가 대답했다. "그녀가 그렇게 산모가 되었을 때 내가 대부가 되어 줄 것을 그리고 아이를 가능한 한 빨리 세례를 받게 하고 또 세례 명부에 이름을 올려 줄 것을 부탁했지요. 또한 남편과 그녀의 이름도 말해 주었지요. 그러는 사이 그녀는 비싼 것들이 든 가죽 여행 가방을 열어 나와 처자에게 그리고 하녀와 그 밖의 사람들에게 만족할 만큼 선물을 했어요. 그녀는 자기 남편에 대해 이야기해 주었고, 그전에 갓난아이를 부탁하고는 운명했죠. 그때는 나라가 하도 소란스러워서 아무도 집에 있을 수가 없었죠. 아기에게 세례를 줄 목사님도 부를 수 없었고요. 하지만 결국 이 두 가지 일을 치렀을 때, 우리 주지사와 목사님이 아기가 클 때까지 제게 맡아 키울 것을 명했고 그 수고를 위해 부인이 남긴 유산을 제게 맡겼죠. 장미 화관 몇 개, 보석, 그리고 내가 어린아이를 위해 보관했던 보석을 제외하고서 말입니다. 그래서 아내는 아기를 염소젖으로 키웠고, 우리는 이 사내아이를 좋아했고 그가 자라면 우리 하녀를 부인으로 줄 생각도 했지요. 하지만 노르틀링겐 전투가 끝난 뒤에 어린 하녀에다가 재산도 함께 잃어버렸어요."

나는 크난에게 말했다. "어르신, 아주 특별한 이야기를 해 주었는데 가장 중요한 것을 빼먹은 것 같소. 부인과 그녀의 남편, 아이의 이름을 말하지 않았군요."

그가 대답했다. "나리께서 설마 그런 것들까지 다 알고 싶어 하실까 해서요. 그 귀부인의 이름은 주잔나 람지, 남편은 슈테른펠스 폰 푹스하임 함장이었지요. 내 이름이 멜키오르였기 때문에 사내아이 세례식 때 멜키오르 슈테른펠스 폰 푹스하임이라 이름 지어 세례 명부에 올렸지요."

여기서 나는 내 은둔자와 구베르나토어 람자이 여동생의 아들이었음을 자세히 알게 되었다. 하지만 너무 늦었다. 부모님은 죽었고, 내 사촌 람자이[92]에 대해서는 하나우 사람들이 그를 스웨덴 군인들과 함께 추방해 버렸기 때문에, 그는 분노와 초조감으로 아주 정신이상이 되어 버렸다는 것 외에는 다른 아무것도 알 수가 없었다.

나는 대부인 크난과 술 마시기에서 이겼고, 다음 날 그

92) 람자이 : 하나우 요새의 스웨덴군 사령관이었던 야코프 폰 람자이를 이른다. 역사적인 귀족의 이름을 패러디 하여 짐플리치우스의 혈통을 암시해 주고 있다.

의 부인도 오도록 했다. 내가 그들에게 나를 알렸을 때, 그들은 내 가슴에 있는 검은 털 난 점을 보여 주기 전에는 믿으려 하지 않았다.

9장부터 13장까지

짐플리치우스는 크난과 함께 슈페사르트에 가서 그와 하나우 시절부터 잘 알고 있던 목사에게서 출생 서류를 만들었다.

짐플리치우스의 부인은 지금까지 성격에 더 보태어 술까지 마시고 있었다. 이것은 그녀의 두 아이가 태어난 후 그녀를 죽게 한 원인이 되었다. 짐플리치우스는 다시 혼자가 되었다. 그사이 돌보지 않았던 집은 짐플리치우스의 대부가 넘겨받아 다시 건사했다.

어느 날 짐플리치우스는 무멜 호수[93] 쪽에서 이상한 소리를 들었다. 그는 호기심이 나서 호수로 가 돌을 던져봤다. 물의 정령이 나타났다. 뒤이어 무멜 호수의 후작이 나타나 그를 땅속에 있는 물의 왕에게 데리고 갔다.

93) 무멜(Mummel) 호수 : 슈바르츠발트 지역의 고산지에 있다. 민속 신앙에 따르면 정령들의 거주지라 한다.

14장

땅속을 가고 있는 사이 짐플리치우스는 여러 가지 비밀스러운 것들을 경험했다. 후작은 짐플리치우스와 이야기를 하면서 격한 비판을 던지기도 했다.

"그대들은 스스로를 위한 영원한 생명과 천국의 무한한 기쁨을 창조하고자 했기 때문에, 가시 없는 장미를 바라는 듯 불만과 고통이 없다는 그런 유혹에 넘어가, 그대들이 누릴 하늘의 권세를 잃어버렸고, 지고하고 거룩한 신의 용모를 기쁘게 바라볼 기회도 박탈당했소. 그래서 타락으로 추방된 천사에게로 영원히 추락했소!

아, 우리 세대가 그대들의 입장이었더라면, 우리 모두는 이 순간 그대들의 공허하고 덧없는 시간적 시험을 그대들보다 더 개선하는 데 몰두했을 것이오. 왜냐하면 그대들이 가진 삶이란 그대들의 삶이 아니며, 그대들의 삶과 죽음은 그대들이 시간에서 떠났을 때 비로소 주어지는 것이기 때문이오. 그렇기에 그대들이 삶이라 부르는 것은 순간이며 찰나에 불과하오. 이런 삶 속에서 하나님을 인식하고, 이리하여 하나님이 그대들을 받아들이도록 주께 가까이 가는 일이 그대들에게 부여되었소.

이 세상은 하나님의 시금석과도 같소. 전능자가 (마치

부자가 금과 은을 제련하듯) 인간을 단련시키오. 전능하신 이는 인간을 불로 연단한 후 그 가치와 질에서 훌륭하고 정교한 금은보화 같은 게 나오면 하늘에 두신다오. 나쁘고 잘못된 것은 영원한 불 속으로 던져 버리시고요. 우리 구세주께서 곡식과 가라지의 비유로 분명하게 가르쳐 주셨던 그 불 말이오.[94)]"

94) 성경 마태복음 13장 30절 참조.

15장

왕 앞에 나아가기 위한 별다른 의례 준비는 없었다. 이런저런 지체도 없이, 왕의 영토에 가까워지자 우리의 대화도 끝났다. 왕의 위엄은 경탄할 만했다. 그것은 잘 꾸며진 궁정 생활의 호화로움 때문이 아니었다. 수상, 비밀경찰, 통역관, 근위병에 어릿광대, 요리사, 수행원, 복병들을 거느리고 있어서도 아니었다. 그의 주위로 빙 둘러 온 세상 바다의 제후들이 둥실둥실 떠다니고 있었기 때문이었다. 모두 땅의 중심에서 그들의 지배 아래 죽 뻗어 있는 각자의 나라를 끌어올리고 있었다. 그곳에서 나는 바로 중국인, 아프리카인, 에티오피아인, 타타르인, 멕시코인, 사모아인과 몰루카 군도의 사람들과 꼭 닮은 사람들을 보았다.

검푸른 거친 바다 위에서 감독을 하는 두 사람은 나와 동행한 사람과 같은 옷을 입고 있었다. 그들에게 무델 호수는 중요한 바다였다. 필라투스 호수[95]를 관리하는 사람

95) 필라투스(Pilatus) 호수 : 스위스 알프스 에먼탈러에 있는 필라투스 호수를 가리킨다. 과거 호수였던 이곳에 예루살렘 총독을 지낸 로마 사람 폰티우스 필라투스가 매장되어 있다 한다. 지금은 작은 소택지다.

들은 스위스 사람처럼 존경스러운 넓은 수염을 달고 해진 바지를 입고 있었다. 그리고 카마리나 호수[96]를 관리하는 두 사람의 의복과 태도는 시칠리아 사람과 비슷했다. 또 민속책에서 본 것과 같은 페르시아인 · 일본인 · 핀란드인들을 비롯해 전 세계, 모든 국가의 사람들 모습을 보았다.

왕은 유창한 독일어로 나와 이야기를 나누었다. 그의 첫 질문은 이랬다. "무슨 연유로 그대는 무엄하게 그런 돌무더기를 우리에게 보내려 하는가?" 나는 짧게 대답했다. "누군가가 우리에게 닫힌 문을 두드리도록 허락했기 때문입니다."

이 말에 그가 말했다. "그대는 이런 실없는 주제넘음으로 벌을 받게 된다면 어떻게 하겠는가?" 나는 대답했다. "저는 죽는 것보다 더 큰 벌은 받지 않게 될 것입니다. 왜냐하면 저는 지금까지 아주 많은 기적을 체험했고 수백만 사람들 가운데 어떤 사람도 행복하지 않음을 보았기 때문입니다. 그리고 내 죽음은 하찮은 것이라서 벌 축에 끼지도 못합니다."

"아, 가련한 소경이여!" 내 말에 왕이 이렇게 말했고, 마치 놀라서 하늘을 바라보는 것처럼 눈을 하늘로 향했

96) 카마리나(Camarina) 호수 : 이탈리아 시칠리아 카마리나 근교의 진흙 호수.

다. 계속 그는 이렇게 말했다. "그대 인간들은 언젠가 한 번은 죽고, 그대 기독교인들은 죽음을 태연하게 견디려 하지 않는다. 그대들은 신앙과 사랑을 수단으로 회의적이긴 하지만 하나님을 확실히 믿고 있다. 즉, 그대들의 영혼은 절대자의 얼굴을 바라볼 것이라고 말하면서 죽어 가는 자의 눈을 즉시 감게 한다. 하지만 이번에는 나는 그대와 다른 이야기를 하고자 한다.

지상의 인간이, 특별히 그대 기독교인들이 가장 먼저 마음의 준비를 해 예언을 붙잡고 있을 뿐만 아니라, 지상의 모든 짐을 그토록 수고스럽게 떠맡고 있다는 보고를 받았다. 그대들의 전능하신 하나님께서 세상의 마지막 때를 심판하실 것을 그리 오래 주저하지 않을 것이라고 들었다. 그러한 전율의 시간이 곧 가까이 오고 있다니 놀랄지. 우리 종족은 세상과 함께 멸망해 불 속에서 ― 우리는 물에 살고 있지만 ― 죽게 된다는데, 그런 연유로 그대는 염려 혹은 희망을 주기 위해 우리를 데리러 왔는가?

별자리를 보면 그와 같은 징조를 받아들일 수 없고, 또한 그런 변화가 가까이 오고 있다는 것을 감지해 내지 못하고 있다. 그렇지만 그대들의 구세주가 앞으로 친히 오리라는 몇몇 전조가 있다고 들었다. 그래서 원컨대, 그대는 그런 믿음이 아직 지구에 있는지, 장차 올 신이 정작 왔을 때 정말 알아채기 힘든지를 말해 주겠나?"

나는 왕에게 '미래에 관한 것은 내가 대답하기에 너무 어마어마하며, 그리고 구세주의 도래는 오직 하나님만이 알 수 있는 것'이라고 대답했다.

16장부터 22장까지

짐플리치우스는 작별 선물로 그의 집 들에 광천수를 뿜어 나오게 할 수 있는 기적의 돌을 왕에게 받았다. 짐플리치우스는 다시 지상에 와서 즉시 광천수 작업에 착수했으나 탄산수는 다른 곳에서 솟아올랐다. 무컨로흐[97] 숲에 사는 나무꾼의 집에서 물이 나왔던 것이다. 그는 고향으로 돌아가 독서에 전념했다.

하지만 곧 그는 한 스웨덴 장교에게 미혹되어 러시아로 갔다. 그곳에서 그는 타타르 사람들에게 유괴되었고 한국과 일본에도 갔다. 그의 모험길은 알렉산드리아를 거쳐 콘스탄티노플, 베니스, 로마로 뻗었다. 그곳에서 드디어 그는 슈바르츠발트에 있는 크난의 집으로 돌아가게 되었다.

나는 타국에서 자라 버린 수염 외에는 집에 아무것도 가져갈 게 없었다. 나는 여러 나라의 바다를 항해했고, 여러 민족들을 보았다. 그들에게서 경험한 이야기를 쓰자면

97) 무컨로흐(Muckenloch) : 슈바르츠발트 근방의 아주 작은 마을.

큰 책 한 권 분량은 된다. 대개 좋은 것들보다 나쁜 것들을 더 많이 받아들였다.

그사이 독일의 평화가 체결되었고, 나는 크난에게 신세 지게 해달라고 하여 그 집에서 평온하게 살게 되었다. 이제 나는 다시 내 일이자 즐거움이 된 책을 읽고 공부하게 되었다.

23장

언젠가 아폴론 신탁 이야기를 읽었다. 로마 사절단이 와서 '나라를 평화롭게 다스리려면 무엇을 해야 합니까'라고 물었단다. 신탁의 대답은 이랬다. "노스케 테 입숨(Nosce te ipsum)." 이 말은 각자가 자기 자신을 알라는 것이었다. 이 의미에 대해 나는 골똘히 생각해 보았고, 내가 살아온 삶을 되돌아보았다.

그 외에 나는 한가했다. 나는 스스로에게 이렇게 말했다. "너의 삶은 삶이 아니라, 죽음이었다. 너의 나날들은 어두운 그림자였고, 너의 해는 어두운 꿈이었고, 너의 청춘은 환상, 그리고 너의 화평은 굴뚝으로 나가는, 그리고 네가 착각하기도 전에 너를 떠나 버리는 불가사의의 보물이다! 너는 많은 위험을 무릅쓰고 전쟁을 뒤쫓아 갔고, 이 전쟁에서 많은 행복과 불행을 겪었다. 때로는 높아지기도 때로는 낮아지기도, 때로는 힘이 있기도 때로는 하찮기도, 때로는 부자이기도 때로는 가난하기도, 때로는 기쁘기도 때로는 우울하기도, 때로는 사랑받기도 때로는 미움받기도, 때로는 존경 받기도 때로는 멸시 받기도 했다. 하지만 나의 가련한 영혼, 너는 이 모든 여행에서 무엇을 했는가? 네가 얻은 것은 선한 일에 빈약하고, 마음은 근심으로 불만스럽고, 무엇보다 게으르고, 나태하고 타락했고, 가장 비참한 것은 양심이 겁에 질려 있고 괴롭힘 당한다는 것이다. 너 자신은 많은 죄를 지었고 혐오스럽게 더럽혀져 있다! 육체는 피곤하고, 이성은 혼탁하고, 순결함은 없고, 좋았던 청춘은 닫혔다. 고상한 시간을 잃어버렸고, 기쁘게 하는 것은 아무것도 없다. 먼저 내 자신이 아주 싫다.

내가 이 세상에 태어났을 때 나는 단순했고, 깨끗했고, 솔직하고, 성실하고, 진실했고, 순종적이었으며, 잘 받아들였고, 절제했고, 순진했고, 수줍어했고, 경건하고, 명상적이었다. 곧바로 나는 악해지고, 비뚤어지고, 거짓말하고, 아첨 떨고, 불안해하고, 매 순간 타락했다. 이 모든 악덕을 나는 스승도 없이 배웠던 것이다.

나는 명예를 중시했으나 그저 존경이나 받자고 그런 것이다. 나는 시간을 중시했으나, 내 영생복락을 위해서가 아니라 내 육신을 축복하기 위해서였다. 나는 내 삶을 여러 번 위험에 처하게 했고, 내가 열심히 위로받고 복되게 죽을 수 있게끔 결코 나를 개과천선하게 하지 못했다. 나는 현재의 이 시간을 사용하는 것만 알았지, 단 한 번도 미래에 대해서는 생각해 보지 않았다. 언제인가 하나님의 얼굴을 뵙게 될 때 변명을 해야만 할 것이다!"

이런 생각으로 나는 매일 괴로웠다. 이때 게바라[98]의 글 몇 편이 내 손에 들어왔다. 이것들을 여기에 옮기고자 한다. 왜냐하면 이 세상이 나에게 전적으로 손해를 끼친다는 생각이 강하게 들었기 때문이다. 내용은 다음과 같다.

98) 게바라 : 안토니우스 데 게바라(Antonius de Guevara). 1490~1545. 스페인의 작가. 그리멜스하우젠은 여기에 게바라의 글을 거의 다 인용했다.

24장

세상이여 안녕, 이제부터는 너를 신뢰할 수도 네게 아무것도 희망할 수도 없다. 너의 집에서 과거는 이미 사라졌고, 현재도 차차 사라지고 있다. 미래는 전혀 시작되지 않았고, 영속적인 것은 없어졌고, 가장 강한 것은 부러졌고, 영원한 것은 끝났다. 그래 너는 죽음 가운데 죽음이며, 100년 안에 너는 너 자신을 단 한 시간도 살아 있지 못하게 할 것이다.

세상이여 안녕, 앞으로 너의 궁전에는 아무런 의도 없이 그저 주겠다는 약속과 보상 없이 이루어지는 일은 없을 것이다. 죽이려고 애무하고, 무너뜨리기 위해 사람을 높이고, 추락시키기 위해 돕고, 치욕을 주기 위해 존중하고, 다시 돌려주지 않으려고 빌리고, 용서하지 않으려고 벌을 준다.

하나님이 이 세상을 구원하시기를, 이제부터 세상이라는 너의 집에서 막강한 지배자와 애첩들이 추락할 것이며, 비천한 자들이 끌려 나오고, 용서를 해 주어야 할 배반자들은 그저 방관만 할 것이며, 충성된 자들은 구석에 서 있기만 할 것이다.

악한 자들을 자유롭게 하고, 죄 없는 사람이 재판을 받는다. 사람들은 지혜로운 자와 우수한 사람을 떠나보내고, 미숙한 자에게 많은 상을 준다. 교활한 자는 신용을 얻고, 곧은 자와 정직한 자는 신용을 얻지 못하고, 각자는 그가 하고자 하는 대로 할 것인데, 어떤 사람은 마땅히 그가 해야 할 것을 하지 않는다.

세상이여 안녕, 이제부터 네 속에서는 아무도 그의 올바른 이름을 듣지 못할 것이다. 불손한 자를 사람들은 씩씩하다고, 낙심한 자를 조심스럽다고, 성급한 사람을 부지런하다고, 태만한 사람을 온화하다고 말한다. 방탕한 사람을 훌륭하다고, 궁색한 사람은 몸을 사린다고, 계교를 부리는 사람을 찡찡거린다 하고, 수다쟁이를 말 잘한다 하고, 조용한 사람을 바보 혹은 몽상가라 부른다. 간통자와 처녀를 욕보인 사람을 정부라 부른다. 음담을 고상하다고 하고, 복수를 꾀하는 사람을 열망하는 자라고, 그리고 우둔한 사람을 상상하는 사람이라고 한다.

세상이여 안녕, 이제부터 너는 모든 사람을 유혹할 것이다. 야망을 꿈꾸는 사람에게 너는 명예 노장을, 불안한 사람에게 변화를, 무심한 공직자에게 영주 곁의 높은 은총을, 구두쇠에게 많은 보물을, 폭식자와 순결하지 못한 사람에게 기쁨과 쾌락을, 적에게 복수를, 도둑에게 비밀을, 젊은이에게 장수를, 그리고 총아에게 너는 지속적인 영주의 은총을 약속하는구나.

세상이여 안녕, 앞으로 네 궁전에서 계속 살다가는 진실과 신뢰를 찾을 수 없을 것이다! 너와 이야기하는 자는 수치를 당할 것이며, 너를 신뢰하면 속게 될 것이며, 너를 따르면 유혹될 것이며, 너를 두려워하는 자는 가장 최악의 것을 받을 것이며, 너를 사랑하는 자는 괘씸하게 보상받을 것이며, 그리고 무엇보다 너를 신뢰하는 자는 또한 가장 패망하게 될 것이다. 사람들이 네게 주는 어떤 선물도 너를 돕지 못할 것이며, 사람들은 어떠한 봉사도 네게 보이지 않을 것이며, 어떠한 사랑스러운 말로도 너를 설득하지 않을 것이며, 어떠한 진실도 행하지 않을 것이며, 어떠한 우정도 네게 보이지 않을 것이다. 오히려 너는 각 사람들을 속이고, 추락시키고, 다치게 하고, 더럽히고, 위협하고, 삼키고, 그리고 그 모두를 잊어버릴 것이다. 그리하여 각자는 울고, 한숨 쉬고, 비탄하고, 한탄하며, 타락할 것이다. 그러고선 끝날 것이다. 네게서 사람들은 서로 질식할 때까지 증오하고, 사기 칠 때까지 이야기하고, 절망할 때까지 사랑하고, 도둑질할 때까지 장사하고, 속일 때까지 부탁하고, 죽을 때까지 범죄를 저지르는 일 외에는 그 어떤 볼 것도 배울 것도 없다.

하나님이 네 세상을 보호하시기를, 앞으로 네 하인들은 게으름 부리고, 서로 희롱하고 안부 전하고, 처녀들의 비위를 맞추고, 예쁜 여자들에게 은근하고, 이들에게 추파 던지고, 주사위와 카드 놀음을 하고, 뚜쟁이와 담합하고, 이웃과 싸우고, 새로운 소식을 이야기하고, 새 술수를 생각하고, 유대인 속물과 경주하고, 새옷을 생각하고, 새로운 계략을 꾸미고, 새로운 죄를 도입하는 것 외에 너는 어떤 일이나 오락도 즐기지 못할 테다.

세상이여 안녕, 이제부터 네게는 아무것도 영속적인 게 없다. 높이 쌓은 탑은 번개에 맞고, 물레방앗간은 다른 곳으로 이동하고, 목재는 벌레에, 곡식은 쥐에, 과일은 모충에, 그리고 옷은 바퀴벌레에, 염소는 나이 많아 문드러져, 그리고 가난한 사람은 병으로 죽는다. 어떤 사람은 두창이 생기고, 다른 사람은 암에 걸리고, 셋째 사람은 남창에, 넷째 사람은 피부병에, 다섯째 사람은 각 동풍에, 여섯째 사람은 관절염에, 일곱째 사람은 수종에, 여덟째 사람은 결석에 걸리고, 아홉째 사람은 백발이 자라고, 열째 사람은 폐결핵에, 열하나째 사람은 열병에, 열둘째 사람은 문둥병에, 열셋째 사람은 간질에 걸리고, 열넷째 사람은 미쳐 버리는구나!

오, 세상에서는 어떤 사람이 하는 행동을 다른 사람은 하지 않을 것인데, 앞으로 한 사람이 울게 되면, 다른 사람은 웃고 있을 것이다. 한 사람이 한숨 쉬면, 다른 사람은 즐거워할 것이다. 한 사람이 단식하면 다른 사람은 주연을 베풀 것이다. 어떤 사람은 잔치에 가고, 다른 사람은 배고픔에 시달린다. 어떤 사람이 말 타고 가면, 다른 사람은 걸어간다. 어떤 사람이 이야기하면, 다른 사람은 침묵한다. 한 사람이 놀고 있으면, 다른 사람은 일하고 있다. 한 사람이 태어날 때, 다른 사람은 죽는다. 이런 식으로 사람들은 다른 사람과 똑같이 살지 않는다. 한 사람이 지배하면, 다른 사람은 시중든다. 한 사람이 인간을 키우고 있으면, 다른 사람은 돼지를 치고 있다. 어떤 사람은 황실을 따르고, 다른 사람은 쟁기를 든다. 한 사람은 항해하고, 다른 사람은 육지의 연례와 주말 시장에 간다. 한 사람은 불 속에서 일하고, 다른 사람은 땅속에서 일한다. 한 사람은 물에서 낚시하고, 다른 사람은 공중의 새를 잡는다. 어떤 사람은 힘들게 일하고, 다른 사람은 훔치고 땅을 약탈한다.

오, 하나님이 세상 너를 지키시기를, 이제부터 네 집에서 사람들은 경건한 삶을 살지 않을 것이며 경건하게 죽지도 않는다. 한 사람은 요람에서, 다른 사람은 청소년기에 침대에서, 셋째 사람은 밧줄에, 넷째 사람은 칼에, 다섯째 사람은 바퀴에, 여섯째 사람은 쌓아 놓은 장작 위에서, 일곱째 사람은 술잔에, 여덟째 사람은 강물에, 아홉째 사람은 탐식으로, 열째 사람은 중독되어, 열하나째 사람은 갑자기, 열둘째 사람은 전투에서, 열셋째 사람은 마술에, 열넷째 사람의 가련한 영혼은 잉크에 빠져 죽는다.

하나님께서 세상 너를 보호하시기를, 이제 너와 갖는 대화는 나를 짜증나게 한다. 네가 우리에게 준 삶은 가련한 나그네 길이며, 영속적이지 못한, 불확실한, 힘들고, 거친, 덧없는, 그리고 깨끗하지 못한 삶이며, 삶이라기보다는 오히려 죽음이라고 부를 수 있는 아주 궁색하고 실수투성이. 그 속에 우리 모두는 영속적이지 못한 것들과 함께 아주 노쇠해 여러 가지 죽음을 순간적으로 맞는다!

세상이여 안녕, 오, 경멸스러운 못된 세상이여, 오, 냄새 나는 가련한 육체여, 이제 네 사람들이 너를 따랐고 섬겼고 순종한 것 때문에, 타락하고 회개하지 않은 자에게는 낭비해 버린 기쁨 대신 위로가 없는 고통을, 잔칫상의 청량음료 대신 목마름을, 폭식 대신 채울 수 없는 배고픔을,

거창함과 화려함 대신 빛 없는 어둠을, 쾌락 대신 줄어들지 않는 고통을, 지배와 승리 대신에 흐느낌을, 울음이 그치지 않는 고통스러운 하소연을 주고, 그들은 한도 없는 추위를 가지고 끝도 보이지 않는 가련함 외에는 기대할 것이 없는 영원한 지옥에 가도록 심판받게 된다.

오 세상이여, 너 정결하지 못한 세상이여, 그래서 나는 네게 간청하고, 경고하고 너에게 맞서 반항해 보기도 했다. 그러나 너는 내 어떤 부분도 가지지 않으려고 한다. 나도 더 이상 내게 희망을 두지 않는다. 이제 너는 내가 결심한 것, 즉 내가 근심을 끝내고 희망과 행복을 가지고자 함을 알게 될 것이다. 안녕!

이 모든 말들은 열렬히 나를 사로잡았고 나로 하여금 끝없이 생각하게끔 했다, 그리고 내가 이 세상을 떠나 다시 은둔자가 되게 할 정도로 나를 감동시켰다. 나는 무컨로흐에 있는 나의 광천수 샘가에서 살고 싶었다. 그곳이 내게는 편안한 황무지였건만 이웃 농부들은 내가 사는 것을 원하지 않았다. 그들은 분수를 팔도록 추진했고 이제 평화가 왔기 때문에 정부에 길과 오솔길을 만들도록 건의했다. 그래서 나는 그곳을 떠나 또 다른 황무지인 슈페사르트에서 다시 살기 시작했다. 고인이 된 아버지처럼 마지막 때까지 이곳에서 인내하며 살게 될지는 확실하지 않다.

하나님께서 은혜를 베푸셔서 우리 모두를 영생복락에 이르게 하시기를!

해설

출간 시기가 1669년으로 기록되어 있는 《모험가 짐플리치시무스》는 그 한 해 전인 1668년에 쓰였다. 기독교적 배경에서 벌어진 30년 전쟁 당시 사회에서 일어나는 다양하고 변화무쌍한 이야기는 기독교적인 것을 넘어 다분히 세속적이기까지 하다. 이 작품은 독일 바로크 시대의 첫 소설 작품으로 기록된다.

그리멜스하우젠이 작가로서 활동한 시기에 대한 기록은 없다. 다만 그의 모든 작품이 마지막 10년, 즉 1666년 이후, 그가 사령관 서기와 성의 관리자로 일했던 시기에 출간된 것으로 보고 있다. 원고 · 일기 · 편지 등 그의 작가 활동이나 개인 생활에 관한 기록도 없다. 가명을 사용했기 때문인지 그의 이름과 작품들은 거의 잊혔다가 낭만주의 문학의 시기에 재발견되었다. 1837년에야 비로소 그의 이름이 독일 문학사에 기재되었다. 그리멜스하우젠은 《모험가 짐플리치시무스》를 비롯 《슈프링스펠트(Springsfeld)》, 《기묘한 새 집(Das wundersame Vogelnest)》 등을 썼다. 모두 독일 소설 분야에서 기준을 세울 만한 작품들이다.

작가의 고향이자 마지막으로 살았던 겔른하우젠과 렌

헨에서는 그의 이름을 딴 '그리멜스하우젠 문학상' 행사가 2년마다 열린다. 최근 6년간 그리멜스하우젠과 비교될 만큼 우수한 성과를 이룬 작가들의 작품을 선정해 문학상을 수여한다.

《모험가 짐플리치시무스》는 30년 전쟁 당시 헤센 주의 슈페사르트 농가에서 양치기로 단순 무식하게 살아가던 한 소년이 전쟁 통에 어떻게 희생되어 가는지를 이야기하고 있다. 퇴각하는 군인들이 쳐들어와 집을 부수고 불태웠으며, 부모와 헤어진 소년은 혼자 숲으로 도망쳐 은둔자를 만났다. 은둔자는 자신의 이름조차도 모르는 소년을 거두어 단순한 아이라는 뜻을 가진 '짐플리치우스'라는 이름을 지어 주고 기독교 교리에 따른 도덕관과 읽고 쓰기를 가르쳐 주었다. 소년이 아버지처럼 생각했던 은둔자가 죽고 소년은 다시 군인들에게 끌려가 하나우의 군 사령관 람자이를 만났다. 은둔자의 매부인 사령관은 소년을 시동으로 삼았으나 단순하기에 끝없이 바보짓만 하는 이 소년을 어떻게 할 수 없어 송아지 가죽을 입은 바보 광대로 만들었다. 소년은 여기서 탈출했지만 다시 군 부대에 붙잡히는 등 위험한 생활을 반복한다. 그러다가 황제 휘하 마그데부르크 부대의 장교 헤르츠브루더를 알게 되고 같은 이름을 가진 그의 아들 헤르츠브루더와는 평생 친구가 된다. 소년은 계속 군인으로 근무하거나, 패잔병으로 쫓기다가 다시 하급 군인으로 돌아가 탈영하고, 결혼하고, 사냥꾼과 도적도 되어 보고, 돈도 모으고, 여러 나라를 여행하는 등 모험을 동반한 다양한 인생살이를 경험한다.

우연히 헤르츠브루더와 다시 만나 행복했으나, 친구가 죽은 후 다시 경박한 생활을 하며 방황한다. 외국에서 유괴되기도 했고, 한국과 일본까지 여행 갔다가 아프리카와 유럽을 거쳐 3년 뒤 독일로 돌아온다.

그가 잠시 정착해 온천장을 경영할 때 뜻하지 않게 슈페사르트의 아버지를 다시 만났다. 그러나 정작 그의 친아버지는 바로 숲에서 그를 가르친 귀족 출신 은둔자였음을 알게 된다. 방랑 생활과 여러 가지 모험적인 사건을 겪고 난 후 세상의 무상한 삶에 회의를 느낀 그는 자기 아버지처럼 은둔자가 되기로 결심한다.

이처럼 주인공은 여러 가지 세속적인 삶을 살았으면서도 세상에 대해서는 회의적인 마음을 품는다. 소설의 시작부터 계급에 대한 풍자, 전쟁의 참상 그리고 전쟁 중 농부와 군인들의 첨예한 대립을 통한 부정적인 사회적 실상이 드러나고 있다. 소설이 진행되는 동안, 계급 풍자와 끝없는 자기 아이러니를 통한 시대 비판적 논의들이 종교적·도덕적 성찰과 더불어 주인공의 행동에서 나타나고 있다.

주인공 소년이 전쟁터를 전전하며 때로는 부도덕하게

배회하는 과정에서 작가는 독일 민담에서 가져온 풍자소설과 스페인의 피카레스크소설[99]에서 온 유희적인 이동 배경을 사용하고 있다. 방랑과 자기 성찰, 그리고 악동소설이라는 장르와 연관해서 본다면, 한 소년의 내적 변화와 성장이라는 관점에서 교양소설 내지 성장소설의 범주에서 논할 수 있는 부분도 있다. 그런데 이 소설에서 소년의 내적 성장은 단계적인 발전 과정을 거치기보다는 주변 환경에서 오는 여러 가지 다급한 사건들과 모험적인 상황들을 주인공이 직접 한꺼번에 겪으면서 이뤄진다.

이 작품은 주인공과 주변 인물들의 내면 생각과 행위에 대해 제3자가 도덕적인 주석을 달면서 주로 해설을 해주다가 일인칭 혹은 이인칭으로 가끔 개입해 부연 설명을 달기도 한다. 즉, 삼인칭 화자와 일인칭 · 이인칭 서술자가 두서없이 개입해 상황을 설명한다. 이런 것들을 다 번역하면 원본에는 가까워지겠지만 어색한 부분이 많이 생겨난다. 갑자기 일인칭 화자가 독자들을 상대하는 것 같

99) 피카레스크(picaresque)소설 : 다분히 불량기 있는 청소년들이 겪는 여러 가지 삶의 경험들을 통해 사회의 실상을 묘사한 소설. 《라사리오 데 토르메스의 삶, 그의 행운과 불운(La vida de Lazarille de Tormes, y de sus fortunas y adversidades)》(1554)이 이 장르의 대표작으로 꼽히고 있다.

은 수사법, 예를 들면 "독자들이여 그대들은 잘 알리라" 식으로 표현된 문장도 자주 볼 수 있다. 화자의 시점이 바뀌는 만큼 인칭 대명사가 혼돈스럽게 쓰인 부분도 있다.

소설 전체의 라이트모티프(Leitmotiv)로는 피비린내 나는 군대 생활, 거친 모험, 주인공과 외부 환경과의 관계 혹은 주인공 자신의 행동으로 야기된 단순성을 들 수 있다. 이러한 여러 모티프들은 전쟁을 겪은 작가 자신의 경험을 반영하는 것이기도 하지만 그렇다고 완전히 일치하는 것은 아니다.

소설은 크게 교훈적인 것과 익살스러운 것으로 나뉘어져, 두 요소들이 서로 교차되는 방식으로 구성되어 있다. 이런 구성과 더불어 계급의 나무 알레고리, 광대 송아지 가죽, 별자리 모티프, 주피터 이야기, 악마 연기, 메로더 형제 도당 이야기, 순례의 길 장면과 무멜 호수의 환상적인 묘사등은 작품을 더욱 다양하게 채색하고 있다.

무엇보다 소설의 중심 소재인 전쟁의 폐해를 간접적으로 풍자하는 가운데, 당시의 사회적 상황을 '계급의 나무'에 빗대 시각적으로 비판한 점이 눈에 띈다. 나무 꼭대기에 귀족들이 앉아 나무 뿌리 부분에 해당하는 농민들이 공급하는 양식을 취하고, 전쟁이 일어나면 농민들을 군인으로 투입한다. 귀족 계급이 농민에게 기생하면서도 사회의 뿌리인 농민을 무시하는 그릇된 태도를 알레고리로써 비판하고 있다.

종교적인 것으로는 성직자와 벌이는 죄와 벌에 대한 토론, 후회와 참회, 반복되는 한탄, 즉 자신에 대해 통탄스러워하는 부분이 볼만하다. 그 외에 급진적 사회 개혁 이념이나 주인공의 정사 장면 등도 나온다.

이렇게 볼 때 이 소설은 크게 세 가지 측면으로 나눌 수 있다. 첫째는 역사적 · 오락적인 면, 둘째는 시대 비판적 기능을 지닌 아이러니와 풍자적인 면, 셋째는 주인공의 행위와 관련된 종교적 · 도덕적인 성찰로서 매 순간 죄로 가득 찬 악한 세상에서 과연 인간은 어떠한 존재인가라는 질문을 제시하는 면이다. 따라서 소설의 교훈은 인간성에 대한 성찰, 바로크 시대의 허무 사상, 기독교적 경건을 추구하는 삶 등에서 복합적으로 나타나고 있다. 그리고 소설 전체를 덮고 있는 비탄스러운 현실은 간간이 풍자와 해학으로 완화되기도 한다.

결과적으로 이 책은 30년 전쟁이라는 힘든 시대 상황에서 허무한 세계 체험을 배경으로, 내세를 동경하는 기독교적인 것과 현세의 무상함 사이에서 오히려 인간은 세속적인 쾌락을 추구한다는 바로크 시대의 전형적인 분위기를 담은 기록서처럼 보인다.

이 작품에서 소년 짐플리치시무스의 내적 발전 단계와 관련된 은둔자 이야기, 모험을 동반하는 방랑과 도덕적인 부분들은 비교적 자세히 다루어지고 있다. 은둔자가 등장하는 장면과 참회, 자기 성찰과 회고, 그리고 신앙과 도덕의식에 관한 부분은 작품에서 차지하는 의미가 크고 분량도 아주 많아서 대폭 축약할 수 없다. 신앙과 도덕의식의 점검과 독백 부분은 그리멜스하우젠의 다른 작품에서도 비교적 상세히 언급된다.

레크람 축약판에서 짐플리치시무스 이야기는 원래의 문법적 특성을 그대로 잘 보존하면서도 되드록이면 현대 언어를 사용하고자 했다. 그러나 아직 옛 독일어의 흔적이 남아 있기에 독일인들도 전문 사전의 도움을 받아야 할 정도로 읽기 어려운 책 중 하나로 간주되고 있다.

이 책은 축약한 레크람판을 다시 축약 번역했다. 역사책에서나 읽을 수 있는 중세 30년 전쟁의 독특한 사회 분위기를 서술한 이 방대한 분량의 작품을 지식을만드는지식의 번역 지침에 따라 한 권의 소책자로 엮어 보려는 시도를 해 본 것이다. 독일의 17세기 상황에 대해 체험하고 바로크 시대의 첫 소설, 첫 독일 산문이라는 문학적 의미를 새기는 동시에 이 책이 독일 바로크 문학의 입문서가 되기를 기대한다.

지식을만드는지식 번역 지침에 따라 책의 분량을 조절하기 위해 책에서 반복 서술되는 포괄적인 내용들은 축약했다. 그러다 보니 전형적으로 표현되는 주인공 특유의 바보스러운 기질과 악동 소년다운 유머와 기지, 그리고 아이러니와 풍자적인 장면들이 마음껏 표현되지 못한 것 같아 아쉽기도 하다. 그러나 전체 맥락에서 보면 원본의 줄거리는 크게 손실되지 않았다.

덧붙여 접근조차 어려운 수백 년 전의 고전 작품을 이런 방법과 기회를 통해서나마 독자들에게 전달해 주고자 힘쓰는 지식을만드는지식 측의 노고에 감사를 드린다.

레크람 축약본의 독일어 번역에 고전하고 있을 때 안문영 교수님께서 추천해 주신 라인하르트 카이저(Reinhard Kaiser)의 현대 독일어판 《모험가 짐플리치시무스(Der abenteuerliche Simplicissimus Deutsch)》가 큰 도움이 되었다. 감사드린다.

지은이에 대해

그리멜스하우젠은 1621년 루터교의 도시 겔른하우젠에서 출생했다. 30년 전쟁 시기에 태어난 탓에 그의 유년 시절은 평탄치 못했다. 12세에 집이 파괴되고 군인들에게 납치되어 하나우로 갔다. 전쟁 중 스웨덴 군대와 괴츠 장군의 군대 등에서 포로가 되거나 군 복무를 하면서 여러 도시를 계속 전전했다. 1639년부터 1648년까지는 바덴 지역 오픈부르크 샤우엔 성의 행정을 맡았고 1643년부터는 연대 서기관을 지내기도 했다. 종전 후 가톨릭교에 귀의했으며 1649년 카타리나 해닝거와 결혼했다. 그 후 샤우엔 성의 백작의 토지 관리인을 지냈고 1656년에서 1658년까지 가이스바흐에서 '은별' 여인숙을 경영했다. 1662년에서 1665년까지는 울렌부르크 성의 성주였으며, 1667년부터는 렌헨의 시장으로 일했다. 작가의 이런 다양한 사회 경험과 군 부대를 전전한 전력이 작품 속 주인공의 삶에도 간간이 반영되어 있다.

옮긴이에 대해

박신자는 성신여자대학교 및 동대학원을 졸업하고 독일 쾰른대학교에서 독문학 박사학위를 받았다. 성신여자대학교, 한국외국어대학교, 백석대학교 그리고 덕성여자대학교(사회교육원)에 출강하였으며, 성신여자대학교의 연구교수로 재직하였다. 현재는 성신여대 인문과학연구소 연구원으로 있다.

주요 논문으로는 〈문학적 아르누보〉, 〈인상주의문학의 가능성과 그 실례〉, 〈괴테의 그림 묘사〉 등 다수가 있으며, 역서로는 로버트 발저의 《프리츠콕의 작문시간》과 《니벨룽겐의 노래》, 저서에는 《문학과 미술의 대화》, 《다채로운 세상, 움직이는 문화》 등이 있다.

원서발췌 모험가 짐플리치시무스

지은이 한스 야코프 크리스토프 폰 그리멜스하우젠
옮긴이 박신자
펴낸이 박영률

초판 1쇄 펴낸날 2014년 4월 11일
개정1판 1쇄 펴낸날 2026년 2월 26일

지식을만드는지식
출판등록 제313-2007-000166호(2007년 8월 17일)
02880 서울시 성북구 성북로 5-11
전화 (02) 7474 001, 팩스 (02) 736 5047
commbooks@commbooks.com
commbooks.com

ISBN 979-11-430-1840-3 03850

책값은 뒤표지에 있습니다.